ATTENTION !

Cette bande-dessinée est publiée
dans son sens de lecture original japonais,
les bulles se lisant de droite à gauche.
Vous êtes donc ici à la FIN !

W0382734

KISS ARIKI 1

Originally published in Japan in 2011 by Libre Publishing Co., Ltd..
French translation rights arranged with Libre Publishing co.,Ltd.Tokyo.

Dépôt légal à parution
ISBN 978-2-35180-630-2

Directeur de collection : Yves Huchez

Traduction : Margot Maillac
Correction et adaptation : Marie Hervé

Conception graphique : Jef.Mod
Adaptation graphique et lettrage : Virginie Houdelet

Imprimé en France par Imprimerie Darantiere
N° d'impression : 12-0707

Bravo : vous avez réussi,
Vous voici sur la page « Jeux » !

Sur cette page vous trouverez des exclusivités à gagner : artworks, dédicaces, et encore beaucoup d'autres cadeaux !

Indiquez vos coordonnées, et jouez !

manga-taifu.com

Découvrir le nouveau site de Taïfu :

JEUX

Dans cette section, Taïfu organisera régulièrement des concours sur vos séries préférées

manga-taifu.com

Aller sur la page :
www.manga-taifu.com
^^

À droite de votre écran vous pouvez voir le jeux en cours : ici c'est un jeu sur Love Junkies.

Super !
Vous voici sur la page « Univers» de votre choix ! (Les autres univers sont toujours accessibles ...)

Dans l'univers choisi vous trouverez toutes les infos sur vos séries préférées : actualités, nouveautés, dossiers et les futures sorties.

À droite de votre écran vous pouvez accéder à la totalité du catalogue (ici le catalogue Yaoi).

manga-taifu.com

Bravo : vous avez réussi,
Vous voici sur la page « Atelier » !

Sur cette page vous trouverez en illustration le projet du jour, ainsi que la liste des projets.

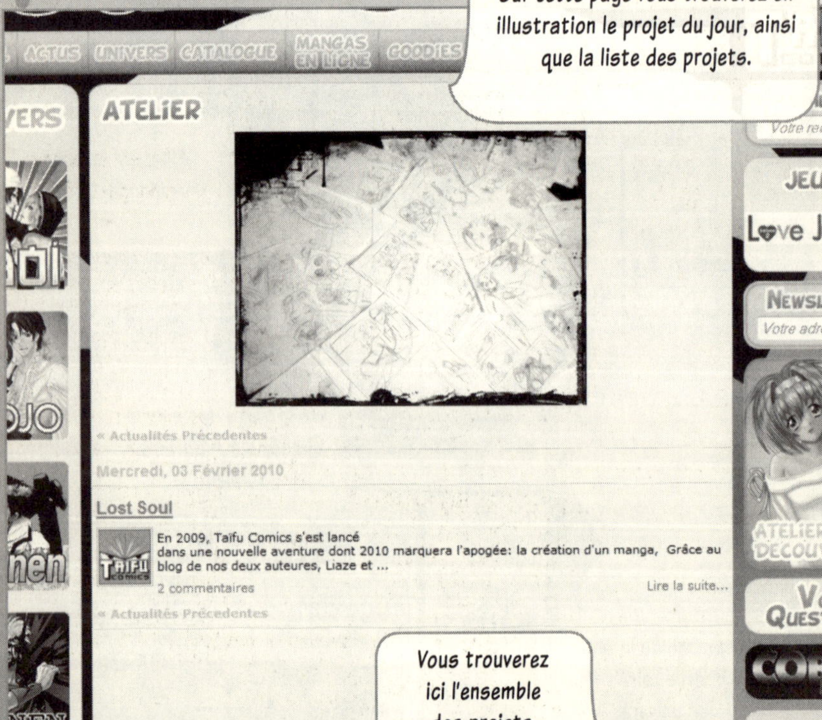

Vous trouverez ici l'ensemble des projets.

manga-taifu.com

En somme, pour la seconde série de sa courte carrière, Tsukiji Nao fait fort, très fort, en se réappropriant pleinement de multiples sous-genres qui apportent une richesse insoupçonnée à Adekan. Tout à la fois polar historique et fantastique, comédie de mœurs, thriller turbulent et réflexion sans prétentions sur la nature humaine, Adekan n'a aucune peine à passionner, chapitre après chapitre.

UN DUO DE HÉROS IRRÉSISTIBLES !

La relation entre Shiro et Kojiro sert de fil rouge entre les enquêtes et ces deux-là ne quittent jamais le devant de la scène. Mieux, c'est au cœur de l'action que les personnages se révèlent : Tsukiji Nao a juste tout compris en matière de narration et accouche de scénarios qui mettent toujours en valeur – et en mouvement, c'est important – les sentiments de ses protagonistes.

Le duo Shiro / Kojirô fonctionne quant à lui à merveille. Leurs personnalités sont bien trouvées et ils assurent un sacré spectacle, entre amitié musclée, grands moments d'humour (imaginez-donc la tête du psychorigide Kojirô quand son comparse oublie d'enfiler des sous-vêtements !) et méfiance réciproque. Car ils apprennent doucement à se connaître et si Kojirô est un policier franc et courageux taillé dans un seul bloc, Shiro a une personnalité trouble voire sulfureuse, qui dissimule un passé tourmenté. A la fois dandy mal élevé, artiste-artisan aux goûts étranges (ses créations, des parapluies, n'ont pas grand-chose de conventionnel) et combattant hors-pair, Shiro est un personnage complexe et véritablement fascinant. Sans oublier que c'est par son biais que l'auteure s'amuse librement avec les codes du boy's love, imposant à Kojirô quelques moments de gêne tout simplement hilarants !

QUAND ACTION RIME AVEC RAFFINEMENT

Dessiné avec une grande délicatesse, Adekan inflige en fait une morsure envenimée à ses lecteurs. Car défilent en ces pages des passions perverses et parfois cruelles, celles qui nourrissent les recoins sombres de l'âme. Tsukiji Nao fait ici preuve d'un double talent d'écriture : des traits d'humour fulgurants et d'une décontraction totale qui contrastent avec les ambiances mélancoliques de matins d'hiver qui nimbent le récit, et une imagination sans bornes pour camper les personnages secondaires. Souvent égarés et torturés, toujours complexes, on se surprend à s'attacher à certains d'entre eux tant ils n'ont rien à voir avec les clichés ordinaires, telle cette jeune esclave sans mains qui se métamorphosera en papillon avec l'aide de Shiro.
Tsukiji Nao assure en tous cas une diversité épatante d'un chapitre à l'autre, tant au niveau des idées de scénario et de protagonistes que de la façon de les mettre en scène. Si la série exploite un angle psychologique, elle ne verse pas vraiment dans le thriller cérébral. Au contraire, l'auteure affectionne laisser parler les armes ! Cela sans jamais se départir d'un trait gracieux qui sublime littéralement les scènes d'action en des planches composées comme des tableaux, où le mouvement se fige en instants de toute beauté.

Quoi qu'il en soit, ils n'ont pas le temps de s'ennuyer et ont maille à partir avec la pègre locale, les légendes urbaines, de jolies suspectes, une « femme chat » ou encore une étrange créature canine... Tsukiji Nao adopte ici le format « un chapitre = une enquête », qui convient bien au genre « polar fantastique » dans lequel s'inscrit cette série. L'auteure renoue ainsi avec une certaine tradition nippone de l'histoire courte horrifique / énigmatique, popularisée par le feuilleton littéraire puis par le manga.

Si ce type de récit est assez « old-school », Tsukiji Nao lui applique en revanche un traitement moderne, qui tient carrément de la « nouvelle vague », une vague menée par des auteures qui ont parfaitement digéré les codes du shônen et du seinen, mais qui ne sont pas de grandes amatrices de shôjo. Leur terrain de prédilection : le récit d'action-aventure, aussi bien destiné aux filles qu'aux garçons. De fait, si Adekan porte une empreinte résolument féminine, ce manga ne ressemble en rien à un shôjo : la narration, le découpage et les idées sombres parsemant le récit sont complètement seinen.

Fait qui n'est pas anodin, Adekan est publié au Japon dans le magazine Wings des éditions Shinshokan. C'est dans cette revue mensuelle que les Japonais(es) ont découvert les Clamp en 1989, avec RG Veda. Et qu'est-ce que RG Veda, sinon un pionnier du « seinen unisexe », ces titres qui transcendent les catégories et réunissent lecteurs et lectrices, âgé(e)s de 14 à 41 ans? Deux décennies plus tard, Adekan s'inscrit dans cette filiation, et s'affirme au passage comme l'un des nouveaux fers de lance de Wings

Premier titre à paraître aux éditions Ototo, Adekan inaugure les lieux de fort belle manière. Ce seinen s'avère en effet d'une richesse captivante et son auteure, Tsukiji Nao, réalise ici un joli tour de force : tenir le pari d'un récit d'enquêtes et de mystères aussi atmosphérique que turbulent, constamment surprenant

MEURTRES, MYSTÈRES ET ILLUSIONS

Imaginez le Japon à une date indéfinie, qui ressemble à celui du début du 20e siècle, peu avant la fin de l'ère Meiji. Dans une ville labyrinthique encore imprégnée des croyances d'autrefois, les rues abondent d'histoires étranges et fantasques mais aussi de mauvaises intentions, qui hantent des hommes et des femmes bien réels. Geishas, artistes, domestiques, policiers, voyous et artisans se croisent sur le pavé des artères bondées et des ruelles. Dans Adekan, la ville palpite et semble murmurer à l'oreille du lecteur : plus qu'un décor, c'est un personnage à part entière... Telle est la scène du petit théâtre de papier érigé de main de (jeune) maître par Tsukiji Nao, dont le graphisme à la fois gracieux et sec, nerveux même, nous entraîne dans un univers original et inspiré.
Un univers où nos deux héros Kojirô Yamada et Shiro Yoshiwara se retrouvent régulièrement mêlés à des affaires singulières. Kojirô parce qu'il est un lieutenant de police zélé, Shiro parce qu'il attire les ennuis comme les femmes : de façon irrésistible ! Tous deux ne se connaissaient pas au début de cette histoire et dès leur rencontre, Kojirô ne peut s'empêcher d'agir comme un grand frère envers Shiro, de le protéger et de « parfaire l'éducation » de ce dandy négligé qui mange encore avec ses doigts !
Mais le longiligne jeune homme révèle vite des talents meurtriers et une personnalité complexe... A t-il seulement besoin d'être protégé ? Rien de moins sûr...

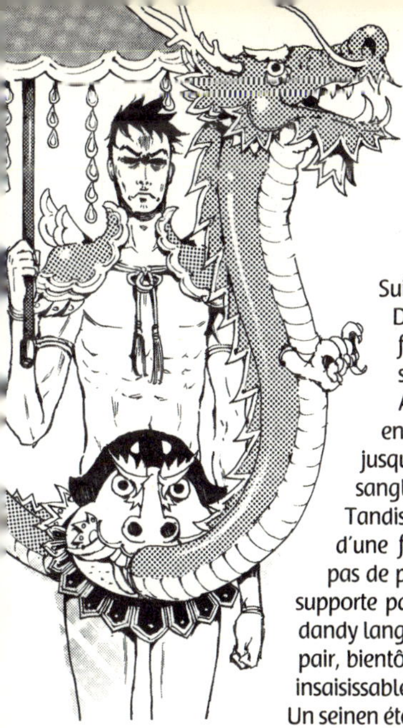

L'HISTOIRE

Suivez les enquêtes fantasques d'un duo que tout oppose ! Dans une grande ville du début du 20e siècle, Shiro le fabricant de parapluies et Kojirô le lieutenant de police sont confrontés à des affaires tout sauf normales... Assassinats de beaux jeunes hommes, enlèvements en série d'enfants, apparitions irréelles... Des bas-fonds jusqu'aux riches avenues, la ville vibre de mystères... parfois sanglants !

Tandis que Kojirô mène l'enquête, Shiro y est toujours mêlé d'une façon ou d'une autre et leur association ne manque pas de piquant ! Guidé par un sens aigu de la justice, Kojirô ne supporte pas le laisser-aller, tandis que Shiro est plutôt du genre dandy languide. Toutefois, ce dernier est aussi un combattant hors-pair, bientôt rattrapé par son passé... Quels mystères renferme son insaisissable personnalité ?

Un seinen étonnant signé par Tsukiji Nao, dont c'est la première série publiée en France !

LES POINTS FORTS

Un duo de héros irrésistibles et surprenants.

Le dessin riche de détails, à la fois gracieux et nerveux, est complètement personnel à l'auteure.

Un récit d'action et de mystères « nouvelle vague »

Adekan révèle une auteure talentueuse, à l'aise dans n'importe quel registre : Tsukiji Nao. Retenez bien son nom !

le seinen « nouvelle vague » selon Tsukiji Nao

Dossier ADEKAN

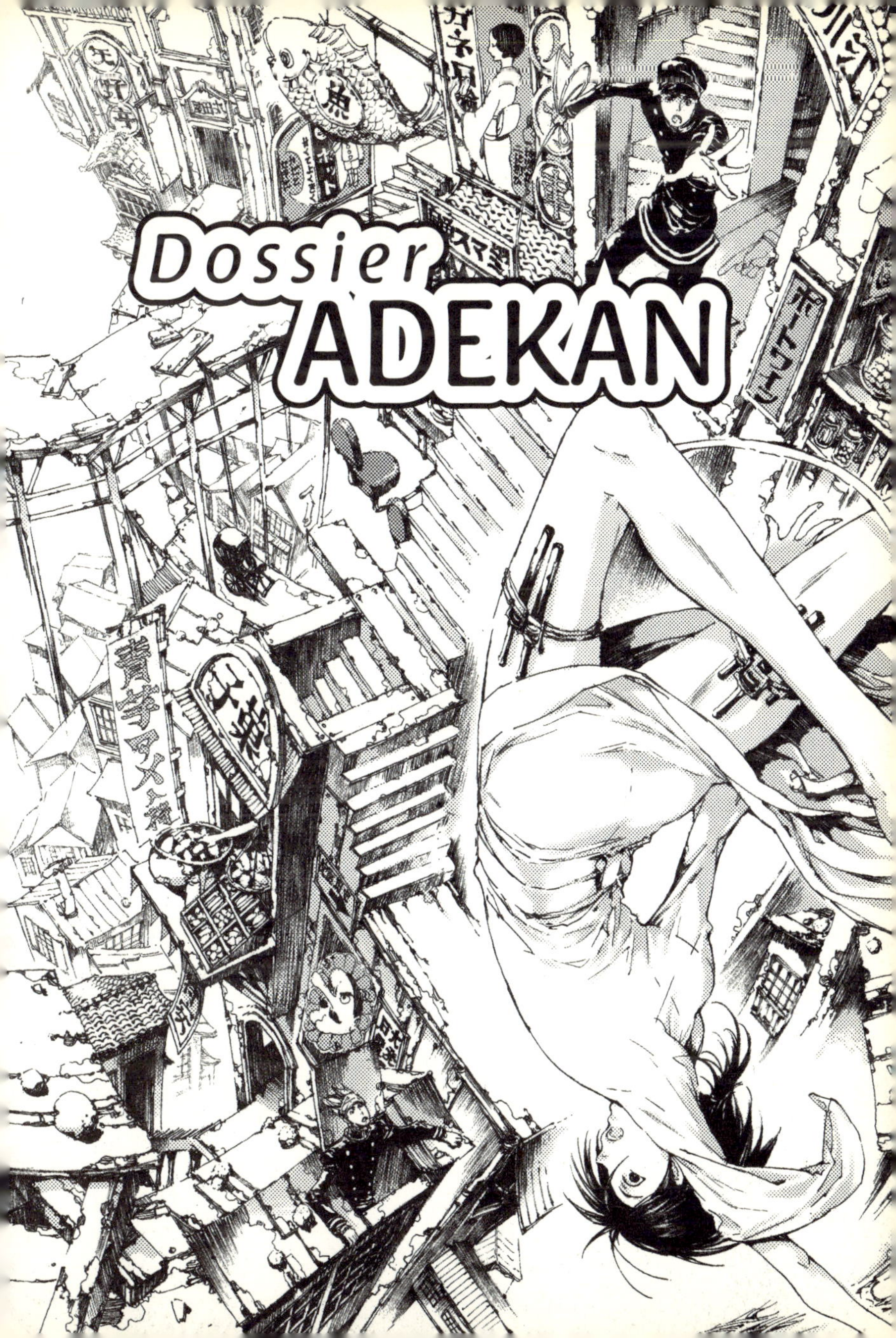

TRAGÉDIE VIRTUELLE / FIN

TU ES BIEN PLUS STYLÉ QUE MOI, ON VA PAS ENSEMBLE.
JE NE FERAIS QUE TE GÊNER ET TE METTRE EN COLÈRE...
TU L'AS DIT TOI-MÊME, TU N'ES PAS MOCHE...
ET JE NE SUIS PAS LE GENRE DE PERSONNE À ME FOCALISER SUR CES CHOSES-LÀ.
T'ES BÊTE OU QUOI ? JE VEUX SORTIR AVEC TOI EN CONNAISSANCE DE CAUSE.
Hm... C'est pas très Gentil.
J'AI DÉCOUVERT TON NOUVEAU POINT FAIBLE.

POF
ALLEZ, RENTRONS...
ON VA PAS CONTINUER ICI...
EST-CE QUE...
Continuer ?
QUOI ?
EST-CE QU'ON SORT ENSEMBLE ?
HEIN ?
JE VEUX DIRE, ÇA TE GÊNE PAS DE SORTIR AVEC MOI ?

HN...
HN... UH...
ズル...
GNII

PFUH
QUOI ?
NON, RIEN...

C'EST CE GENRE DE BAISER TA RÉPONSE ?

...
UN PEU...
PFUH
ÇA PASSE ENCORE SI CE N'EST QU'UN PEU...
MONTRE-MOI À QUEL POINT TU M'AIMES, GAKKI...
EST-CE QUE TU PEUX M'EMBRASSER ?
HEIN ?
RÉPONDS-MOI AVEC UN BAISER.

JE...
JE SUIS TELLEMENT CONTENT QUE TOUT CELA N'AIT PAS ÉTÉ UN MENSONGE...
JE N'AI JAMAIS ÉTÉ AUSSI AMOUREUX... SI ÇA SE FINIT COMME ÇA, JE POURRAIS M'EN REMETTRE...
ÇA VIENT DE COMMENCER, POURQUOI TU PARLES DE FIN ?
HEIN ?
PUISQU'ON EST AMOUREUX L'UN DE L'AUTRE...
OU ALORS TU AS PEUR DU MOI RÉEL ?

AU DÉBUT, JE VOULAIS JUSTE T'OBSERVER PARCE QUE TU ÉVITAIS AU MAXIMUM LE RÉEL.
JE CROYAIS QUE TU PROFITAIS DE TON STATUT DE GUILDE MASTER POUR LA RAMENER DANS LE JEU, MAIS EN FAIT, TU VEILLAIS À SON BON DÉROULEMENT...
ON A FINI PAR PARLER DE PLEIN DE CHOSES... JE N'AI PLUS VU QUE TA PERSONNALITÉ, JE ME FICHAIS QUE TU SOIS UN HOMME OU UNE FEMME...
POUR ÊTRE FRANC, JE SUIS TOMBÉ AMOUREUX.
QUAND J'AI COMPRIS QUE TU AIMAIS SAKAMOTO, JE ME SUIS SENTI CON ET J'AI DÉCIDÉ DE LAISSER TOMBER.
JE N'AURAIS JAMAIS CRU QUE TU PLEURERAIS AUTANT...
ÉVIDEMMENT QUE JE PLEURE...
C'EST PAS DE SAKAMOTO DONT JE SUIS AMOUREUX, C'EST JUSTE QU'IL ME RAPPELAIT BLUE...

TU CROIS QUE J'IRAIS JUSQU'À TE DIRE QUE JE SUIS JALOUX TOUT EN SACHANT QUE TU ES UN HOMME ?
QUE CE SERAIT BIEN SI TU AVAIS CONFIANCE EN TOI, QUE TON COMPORTEMENT EST MIGNON...
JE NE MENTAIS PAS.
C'EST CE QUE JE RESSENS.

TU ES ALLÉ TROP LOIN...
JE SAIS, EXCUSE-MOI.
TU AS DÛ BIEN T'AMUSER À ME DEMANDER TOUTES SORTES DE CHOSES, HEIN ?
À FAIRE SEMBLANT DE ME PRENDRE POUR UNE FILLE ET VOIR QUE JE NE NIAIS PAS....
ガタ CLAC
ガタ CLAC
VAS-Y, DIS-LEUR À TOUS QUE JE SUIS HOMO !
LAISSE-MOI PARLER !
JUSTE POUR T'EMBÊTER...

CHUT !
y'a peut-être encore quelqu'un !
MÊME SI TU ME DÉTESTES, FAIRE UNE CHOSE AUSSI HORRIBLE C'EST...
UH...
VIENS PAR LÀ...

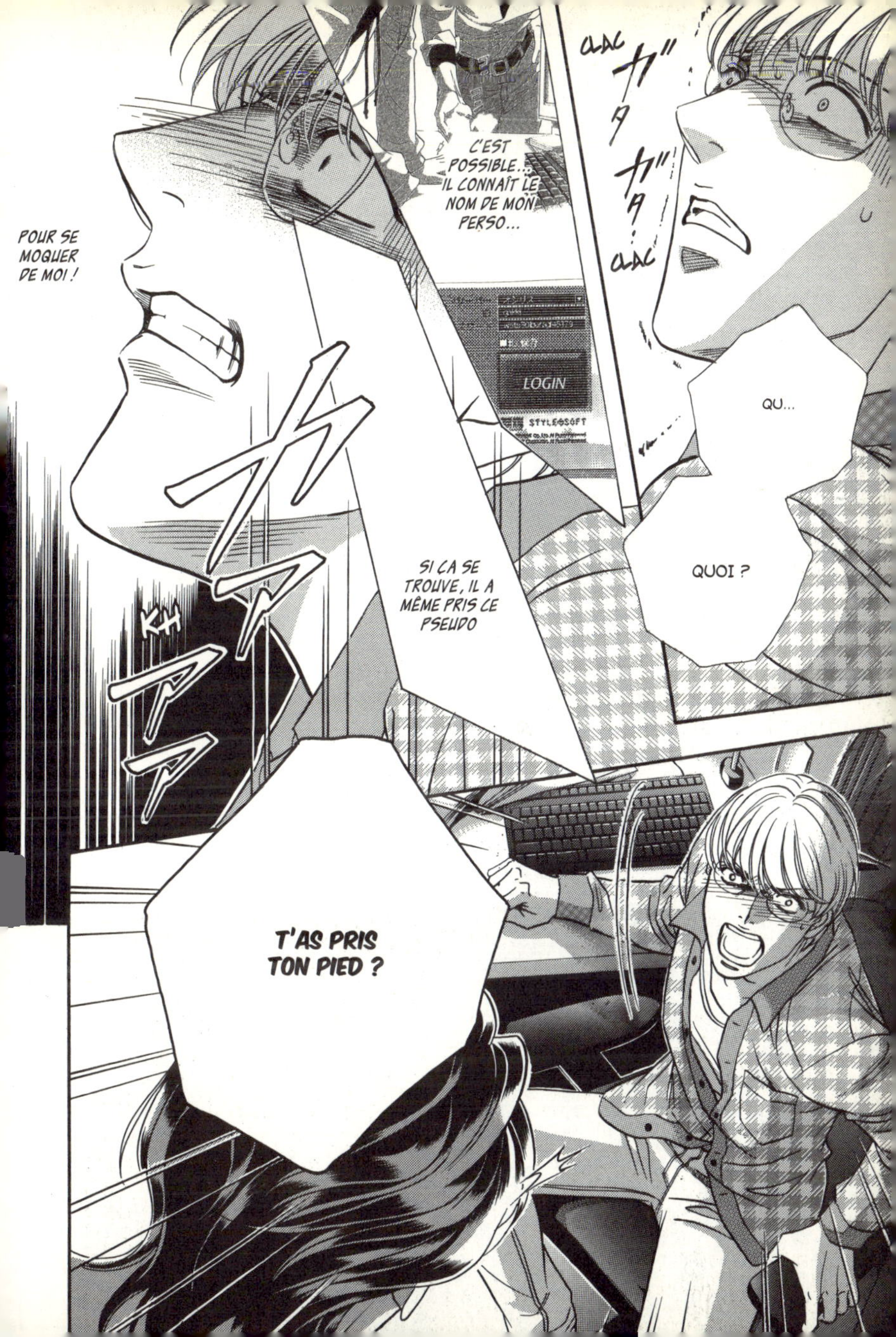
CLAC
CLAC
QU...
QUOI ?
C'EST POSSIBLE... IL CONNAÎT LE NOM DE MON PERSO...
POUR SE MOQUER DE MOI !
SI ÇA SE TROUVE, IL A MÊME PRIS CE PSEUDO
LOGIN
STYLE SOFT
KH
T'AS PRIS TON PIED ?

HEIN ?
POURQUOI ÊTRE AUSSI TRISTE À CAUSE DE QUELQU'UN QUE TU N'AS JAMAIS VU ?
C'EST MOI BLUE BEE.

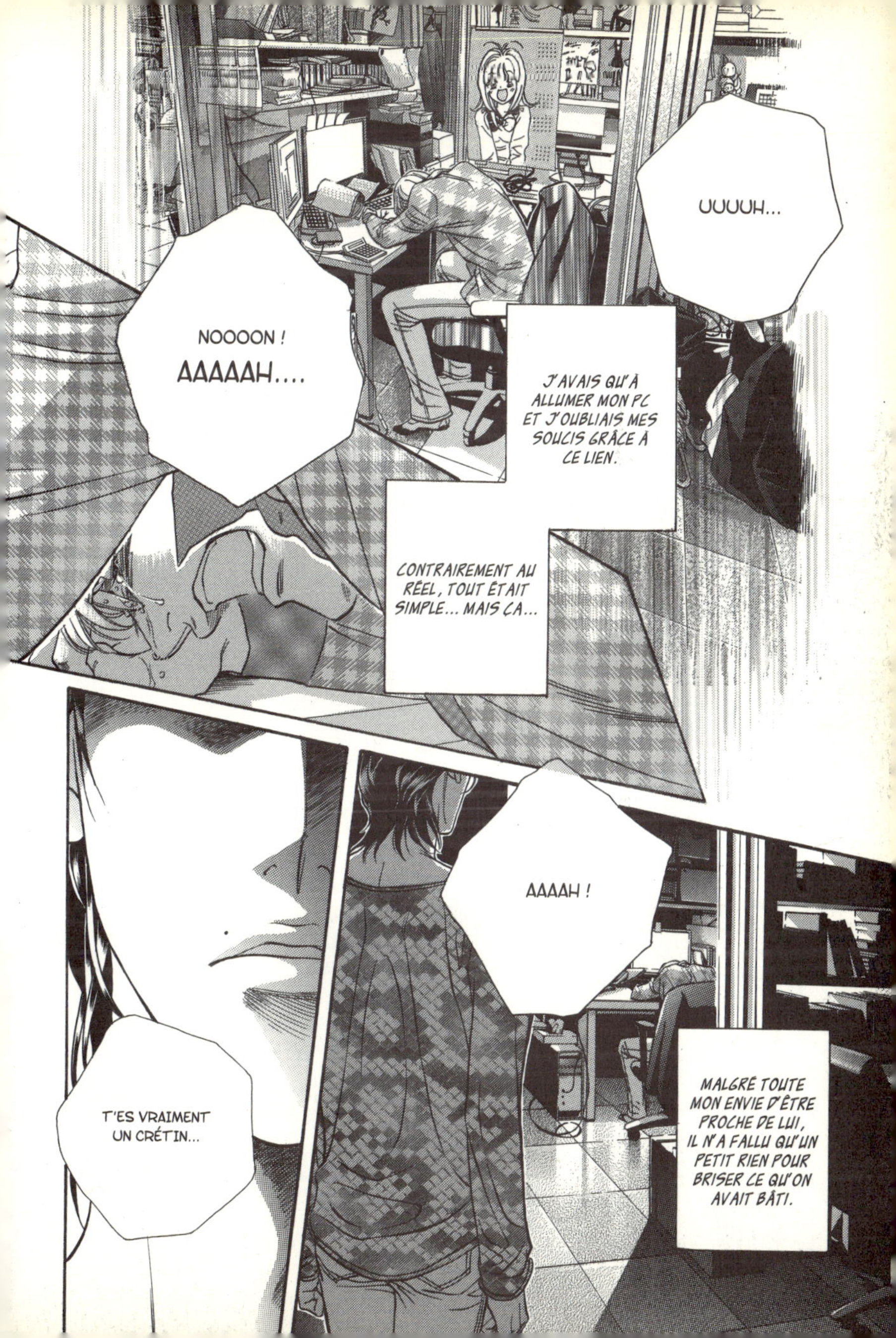
UUUUH...
NOOOON !
AAAAAH....
J'AVAIS QU'À ALLUMER MON PC ET J'OUBLIAIS MES SOUCIS GRÂCE À CE LIEN.
CONTRAIREMENT AU RÉEL, TOUT ÉTAIT SIMPLE... MAIS ÇA...
MALGRÉ TOUTE MON ENVIE D'ÊTRE PROCHE DE LUI, IL N'A FALLU QU'UN PETIT RIEN POUR BRISER CE QU'ON AVAIT BÂTI.
AAAAH !
T'ES VRAIMENT UN CRÉTIN...

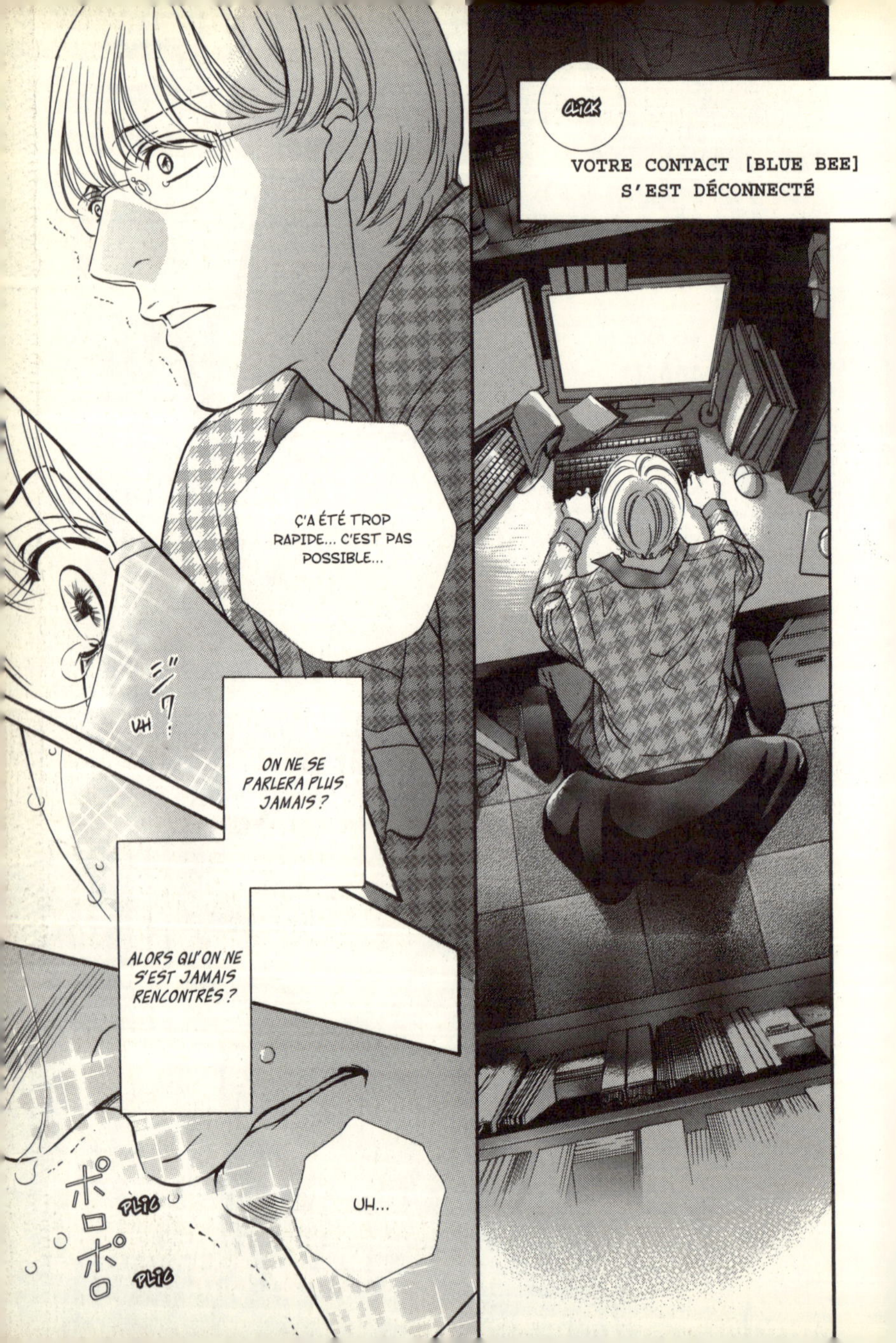
CLICK
VOTRE CONTACT [BLUE BEE] S'EST DÉCONNECTÉ
Ç'A ÉTÉ TROP RAPIDE... C'EST PAS POSSIBLE...
UH
ON NE SE PARLERA PLUS JAMAIS ?
ALORS QU'ON NE S'EST JAMAIS RENCONTRÉS ?
UH...
ポロポロ
PLIC
PLIC

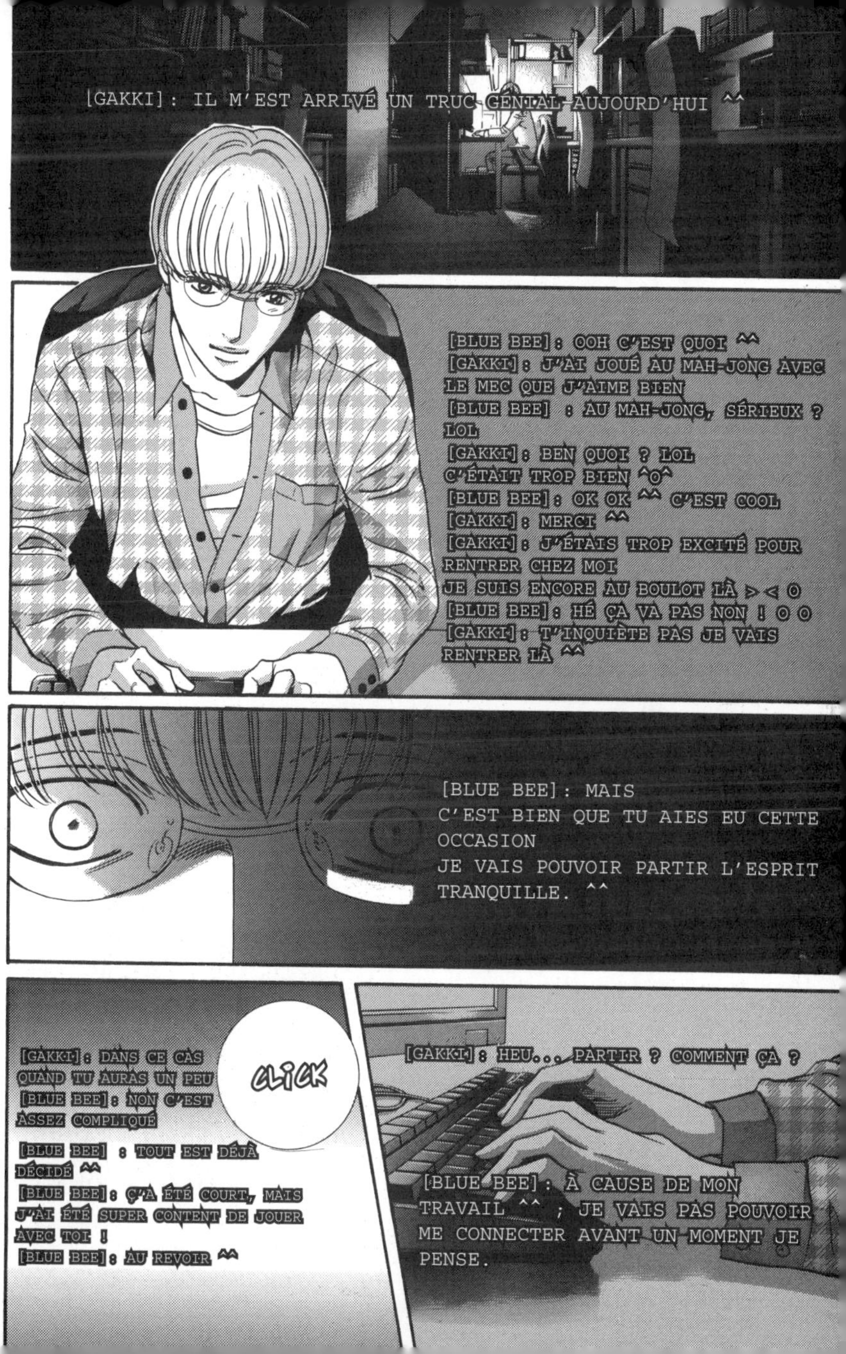
[GAKKI] : IL M'EST ARRIVÉ UN TRUC GÉNIAL AUJOURD'HUI ^^
[BLUE BEE] : OOH C'EST QUOI ^^
[GAKKI] : J'AI JOUÉ AU MAH-JONG AVEC LE MEC QUE J'AIME BIEN
[BLUE BEE] : AU MAH-JONG, SÉRIEUX ? LOL
[GAKKI] : BEN QUOI ? LOL
C'ÉTAIT TROP BIEN ^o^
[BLUE BEE] : OK OK ^^ C'EST COOL
[GAKKI] : MERCI ^^
[GAKKI] : J'ÉTAIS TROP EXCITÉ POUR RENTRER CHEZ MOI
JE SUIS ENCORE AU BOULOT LÀ > < o
[BLUE BEE] : HÉ ÇA VA PAS NON ! o o
[GAKKI] : T'INQUIÈTE PAS JE VAIS RENTRER LÀ ^^
[BLUE BEE] : MAIS
C'EST BIEN QUE TU AIES EU CETTE OCCASION
JE VAIS POUVOIR PARTIR L'ESPRIT TRANQUILLE. ^^
[GAKKI] : HEU... PARTIR ? COMMENT ÇA ?
[BLUE BEE] : À CAUSE DE MON TRAVAIL ^^ ; JE VAIS PAS POUVOIR ME CONNECTER AVANT UN MOMENT JE PENSE.
CLICK
[GAKKI] : DANS CE CAS QUAND TU AURAS UN PEU
[BLUE BEE] : NON C'EST ASSEZ COMPLIQUÉ
[BLUE BEE] : TOUT EST DÉJÀ DÉCIDÉ ^^
[BLUE BEE] : ÇA A ÉTÉ COURT, MAIS J'AI ÉTÉ SUPER CONTENT DE JOUER AVEC TOI !
[BLUE BEE] : AU REVOIR ^^

TIENS, ARAGAKI !
TU SAIS JOUER AU MAH-JONG ?
JE N'AI JAMAIS JOUÉ AVEC DES GENS, MAIS SUR LE NET JE GAGNE TOUT LE TEMPS.
OOH !
J'ARRIVE PAS À Y CROIRE, JE SUIS DANS LE GROUPE DE SAKAMOTO...
Tes trop fort Aragaki !
C'EST COMME DANS UN RÊVE...

TROUVÉ !
HEIN ?
UN JOUEUR ? AH, ILS JOUENT AU MAH-JONG ?
QUOI ?

PFH
JE FAIS COMME SI TOUT ALLAIT BIEN, MAIS QU'EST-CE QUE JE FERAIS SI UN JOUR IL PROPOSAIT QU'ON SE RENCONTRE ?
KSH
CET AMOUR
ÉTAIT CONDAMNÉ AVANT MÊME DE COMMENCER...
COFFEE
KLONG
IL NOUS MANQUE UN JOUEUR...
VA CHERCHER QUELQU'UN YONEHARA !

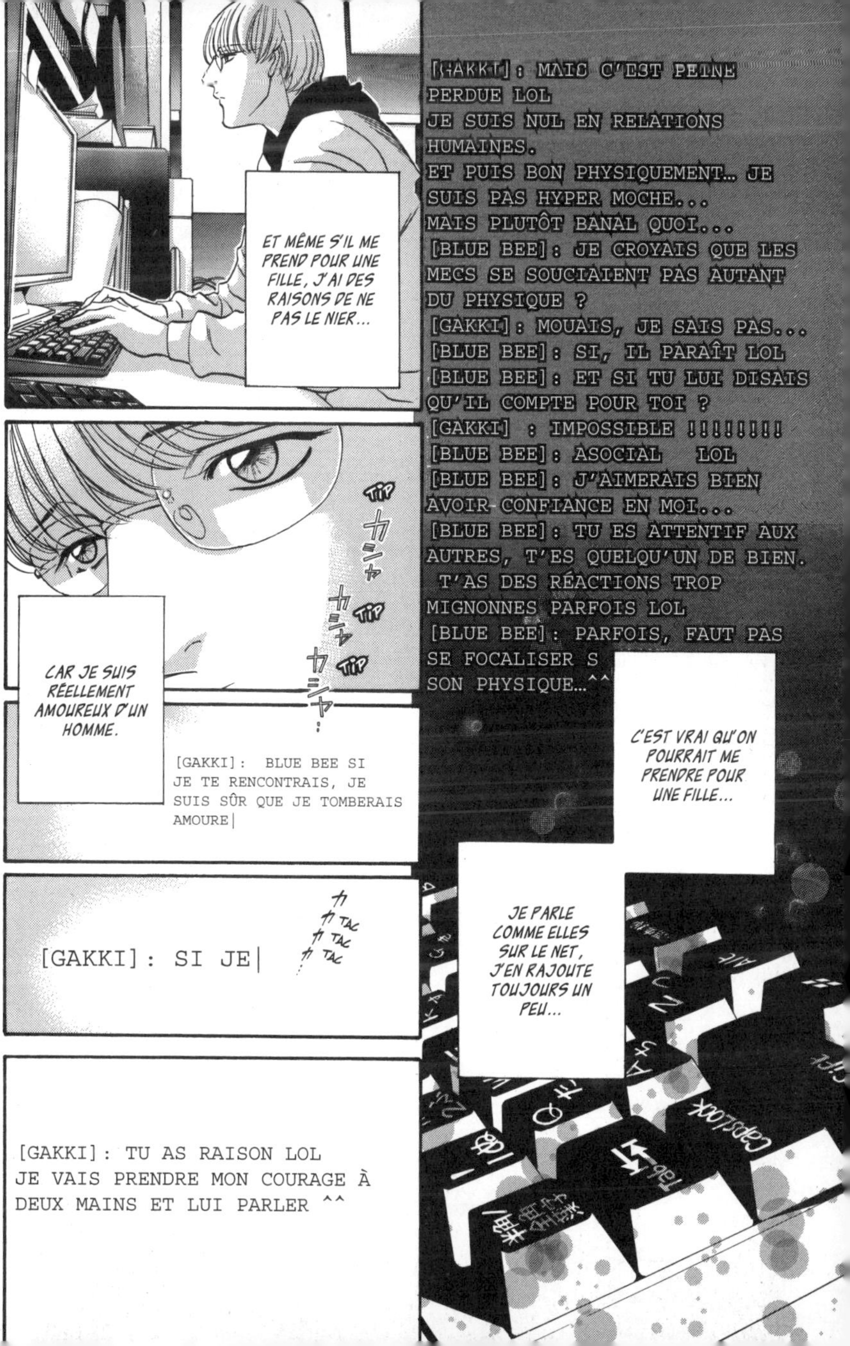
[GAKKI] : MAIS C'EST PEINE PERDUE LOL
JE SUIS NUL EN RELATIONS HUMAINES.
ET PUIS BON PHYSIQUEMENT… JE SUIS PAS HYPER MOCHE...
MAIS PLUTÔT BANAL QUOI...
[BLUE BEE] : JE CROYAIS QUE LES MECS SE SOUCIAIENT PAS AUTANT DU PHYSIQUE ?
[GAKKI] : MOUAIS, JE SAIS PAS...
[BLUE BEE] : SI, IL PARAÎT LOL
[BLUE BEE] : ET SI TU LUI DISAIS QU'IL COMPTE POUR TOI ?
[GAKKI] : IMPOSSIBLE !!!!!!!!
[BLUE BEE] : ASOCIAL LOL
[BLUE BEE] : J'AIMERAIS BIEN AVOIR CONFIANCE EN MOI...
[BLUE BEE] : TU ES ATTENTIF AUX AUTRES, T'ES QUELQU'UN DE BIEN.
T'AS DES RÉACTIONS TROP MIGNONNES PARFOIS LOL
[BLUE BEE] : PARFOIS, FAUT PAS SE FOCALISER S
SON PHYSIQUE…^^
C'EST VRAI QU'ON POURRAIT ME PRENDRE POUR UNE FILLE...
JE PARLE COMME ELLES SUR LE NET, J'EN RAJOUTE TOUJOURS UN PEU...
ET MÊME S'IL ME PREND POUR UNE FILLE, J'AI DES RAISONS DE NE PAS LE NIER...
TIP TIP TIP
CAR JE SUIS RÉELLEMENT AMOUREUX D'UN HOMME.
[GAKKI] : BLUE BEE SI JE TE RENCONTRAIS, JE SUIS SÛR QUE JE TOMBERAIS AMOURE|
[GAKKI] : SI JE|
TAC TAC TAC
[GAKKI] : TU AS RAISON LOL
JE VAIS PRENDRE MON COURAGE À DEUX MAINS ET LUI PARLER ^^

TIENS, IL MET DU TEMPS À RÉPONDRE
ON A DÛ VENIR LUI PARLER.
GAKKI] : JE SUIS CONTENT LOL
J'AI RÉUSSI À PARLER AVEC QUELQU'UN QUE J'AIME BIEN ^ ^ V
TIP
TIP
TIP
CLICK
[BLUE BEE] : Y A UN MEC DONT TU ES AMOUREUX ?
UN MEC ?
IL CROIT QUE JE SUIS UNE FILLE ?
[GAKKI] : JE SUIS CONTENT LOL
[GAKKI] : J'AI RÉUSSI À PARLER AVEC QUELQU'UN QUE J'AIME BIEN ^^ V
[BLUE BEE] : Y A UN MEC
[GAKKI] : POSSIBLE ^^
[GAKKI] : QUOI ? LOL ME DIS PAS QUE T'ES JALOUX LOLOLOL
[BLUE BEE] : SI
[BLUE BEE] : UN PEU J'AVOUE
MISC
GUILDE
MP
PT
CLICK
GAKKI] : POSSIBLE ^^
[GAKKI] : QUOI ? LOL ME DIS PAS QUE T'ES JALOUX LOLOLOL
TIP
TIP

SI JE POUVAIS...
ガタ
TAP
AH...
SAKAMOTO ! MERCI POUR AUJOURD'HUI !
HEIN ?
MAIS NON, C'ÉTAIT RIEN.
CE SERAIT VRAIMENT BIEN
SI C'ÉTAIT QUELQU'UN COMME LUI.

BLUE BEE NE JOUE QUE LE SOIR DONC LE LEVEL DE SON PERSO EST BAS.
MAIS J'AI L'IMPRESSION QU'IL EST BIEN PLUS FORT QUE CE QUE SON LEVEL POURRAIT LAISSER CROIRE.
JE SUIS TOUJOURS TRÈS DIRECT QUAND JE CHATTE ET ÉTRANGEMENT, ÇA NE GÊNE PERSONNE. MAINTENANT, C'EST MOI QUI SUIS CHARGÉ DE TROUVER DES NOUVEAUX MEMBRES POUR LA GUILDE.
[HINANO]
[YOCHAN7] : ÇA
[LUNA@LUNA] : HONNÊT
[BLUE BEE] : PAS DE SOUC
[BLUE BEE] : D'AILLEURS
[HINANO] : DANS CE CAS
BEAUCOUP NE VIENNENT
[BLUE BEE] : TU DOIS PRENDRE
CELUI QUI N'ARRIVE PAS DANS LE
SI SE N'EST PAS SUFFISANT, IL F
PAS TROP DIIFICILE POUR LUI ?
[NEO NEET] : BIEN !
C'EST LA PREMIÈRE FOIS QUE JE ME DEMANDE COMMENT UN JOUEUR EST EN RÉALITÉ
IL S'EXPRIME COMME UN ADULTE ET NE SE CONNECTE QUE LE SOIR, CE SERAIT UN SALARIÉ NORMAL ?
J'Y VAIS !

CLICK
À PLUS ^ ^
À PLUUUUS
[AROMA] À DEMAIN !
[BLUE BEE] S'EST CONNECTÉ
[BLUE BEE] SALUT !
[BARDY] HELLO !
[NEO NEET] 'LUT !
MÊME MOI JE SUIS ARRIVÉ À ME FAIRE UN AMI PROCHE SUR CE JEU.
J'AI RENCONTRÉ UN MEC DONT LE PSEUDO ÉTAIT INSPIRÉ DU JEU QUE J'AI PROGRAMMÉ. ÇA M'A PLU, JE LUI AI APPRIS PLEIN DE TRUCS ET ON A FINI PAR BIEN SE CONNAÎTRE.
IL Y A UN NOUVEAU JOUEUR DANS LA GUILDE
[BLUE BEE] BONJOUR À TOUS !
ENCHANTÉ LOL
[TORAKICHI] SALUT ! T'ES UN FANATIQUE DE LOVE BEE OU QUOI ?
[LUNA LUNA] EN TOUT CAS, TU KIFFES GRAVES LE NOM DU JEU !
[GAKKI] L'EMBÊTEZ PAS ! LOL BIENVENUE !
[YOCHAN7] SALUT !
[PRINCESSE AROMA] SALUT ^^ SI TU COMPRENDS PAS QUELQUE CHOSE, TE GÊNE PAS, DEMANDE
CLICK
FROM [BLUE BEE] :
SALUT ^^
ÇA VA FAIRE 6 MOIS QUE JE DISCUTE AVEC LUI DÈS QUE JE ME CONNECTE.
[GAKKI]
SALUT ^^
ÇA VA ?
TU TE CONNECTES TÔT AUJOURD'HUI.
[BLUE BEE]
JE SUIS EN AVANCE DANS MON TRAVAIL
T'ES AU BOULOT LÀ ?
TRAVAILLE PAS TROP !
CLICK
TIP
TIP
[GAKKI] : OK LOL

IL TRAÎNE SOUVENT EN SALLE DE REPOS
AVEC D'AUTRES EMPLOYÉS.
JE NE FAIS PAS PARTIE DE LEUR GROUPE, MAIS...

SAKAMOTO !
T'AS UN CARACTÈRE PLUTÔT RARE CHEZ UN ARTISTE.
ÇA N'A RIEN D'ÉTRANGE DE S'ENVOYER DES MAILS ENTRE EMPLOYÉS DE NOS JOURS ! EN PLUS, S'IL JOUE POUR DISCUTER AVEC DES UTILISATEURS, C'EST COMME DU BOULOT NON ?
C'EST COMME ÇA QU'IL A TROUVÉ L'ALGORITHME POUR « LOVE BEE ». SOIS UN PEU PLUS COMPRÉHENSIF.
SAKAMOTO DE LA SECTION COMMUNICATION. S'IL N'ÉTAIT PAS LÀ, JE SERAIS DÉJÀ PARTI D'ICI DEPUIS LONGTEMPS.

SI TU ES EN RETARD DANS TON TRAVAIL, ÇA NOUS MET DANS LA MOUISE.
YONEHARA... POURQUOI VIENT-IL ME VOIR TOUS LES JOURS ?
SI C'EST ÇA... J'AI TOUT FINI HIER SOIR...
BON, ALORS DONNE-LE-MOI.
AH...
TU PEUX ME L'ENVOYER PAR MAIL...
ON TRAVAILLE DANS LA MÊME ENTREPRISE, PAS BESOIN D'ÊTRE AUSSI ASOCIAL !
JE SUIS SÛR QU'IL DÉTESTE LES PERSONNES RÉSERVÉES COMME MOI... MAIS DANS CE CAS, JE PRÉFÉRERAIS QU'IL NE M'ADRESSE PAS LA PAROLE.
SI ON ÉTAIT SUR LE NET, JE POURRAIS FACILEMENT COUPER COURT À LA CONVERSATION...
ALLEZ YONEHARA, ÇA SUFFIT !

ONLINE
LOGIN
STYLE@SOFT
TOC
TOC
MAIS ÇA, C'EST SUR LE NET.
LOGIN
STYLE@SOFT
DANS LA RÉALITÉ, LE FEEDBACK HUMAIN EST TROP DIRECT.
C'EST PAS PARCE QUE C'EST UN PRODUIT DE L'ENTREPRISE QUE TU PEUX TE PERMETTRE DE JOUER EN LIGNE AU BOULOT.
ON A UNE GROSSE UPDATE DANS PAS LONGTEMPS !

No. 27
NOM ARAGAKI
CARTE DE POINTAGE
DEPT DÉVELOPPEMENT DE PROJET
COL 1 ENTRÉE
COL 2 SORTIE
COL 3 ENTRÉE
COL 4 SORTIE
COL 5
COL 6
BIP
AM 10:42
UNE COMMUNICATION BASÉE SUR LES ABRÉVIATIONS ET LES ÉMOTICONES...
COMMENT ARRIVER À DISTINGUER LE VRAI DU FAUX ?
DANS DES BRIBES DE CONVERSATION, DANS L'ESPACE DE CETTE PAROLE, L'HUMANITÉ DE L'INTERLOCUTEUR APPARAÎT ET DISPARAÎT.
TAC
J'ADORE ÇA.
CLIC
CLIC

TRAGÉDIE VIRTUELLE
JE SUIS UN DE CEUX
QUI PROGRAMMENT CES JEUX.
CLAC

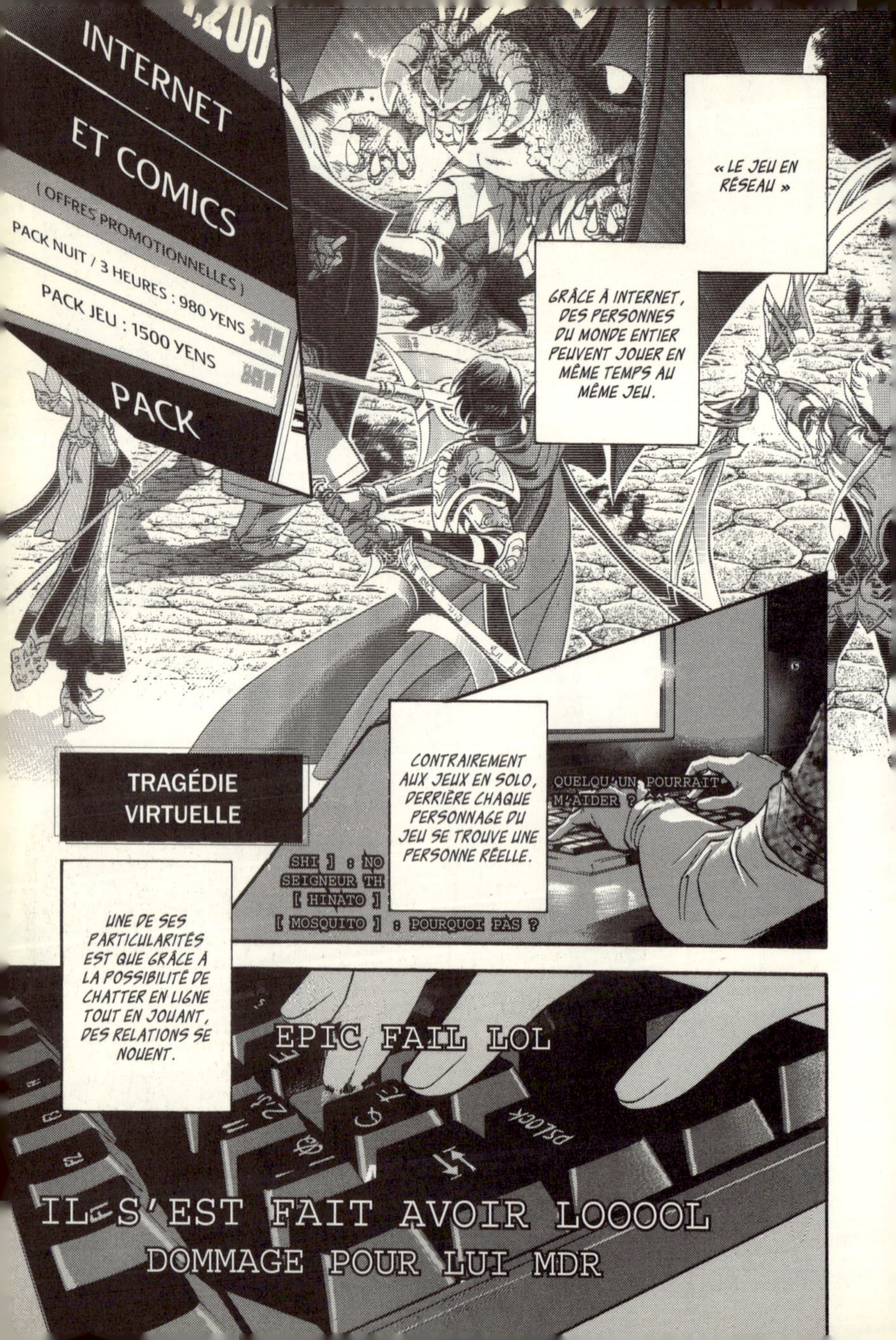
1,200
INTERNET
ET COMICS
(OFFRES PROMOTIONNELLES)
PACK NUIT / 3 HEURES : 980 YENS
PACK JEU : 1500 YENS
PACK
« LE JEU EN RÉSEAU »
GRÂCE À INTERNET, DES PERSONNES DU MONDE ENTIER PEUVENT JOUER EN MÊME TEMPS AU MÊME JEU.
TRAGÉDIE VIRTUELLE
CONTRAIREMENT AUX JEUX EN SOLO, DERRIÈRE CHAQUE PERSONNAGE DU JEU SE TROUVE UNE PERSONNE RÉELLE.
QUELQU'UN POURRAIT M'AIDER ?
SHI] : NO
SEIGNEUR TH
[HINATO]
[MOSQUITO] : POURQUOI PAS ?
UNE DE SES PARTICULARITÉS EST QUE GRÂCE À LA POSSIBILITÉ DE CHATTER EN LIGNE TOUT EN JOUANT, DES RELATIONS SE NOUENT.
EPIC FAIL LOL
IL S'EST FAIT AVOIR LOOOOL
DOMMAGE POUR LUI MDR

KISS ARIKI /À SUIVRE

AAAAAH !
JE SERAIS FOU DE NE PAS EN PROFITER
QUAND J'EN AI L'OCCASION !

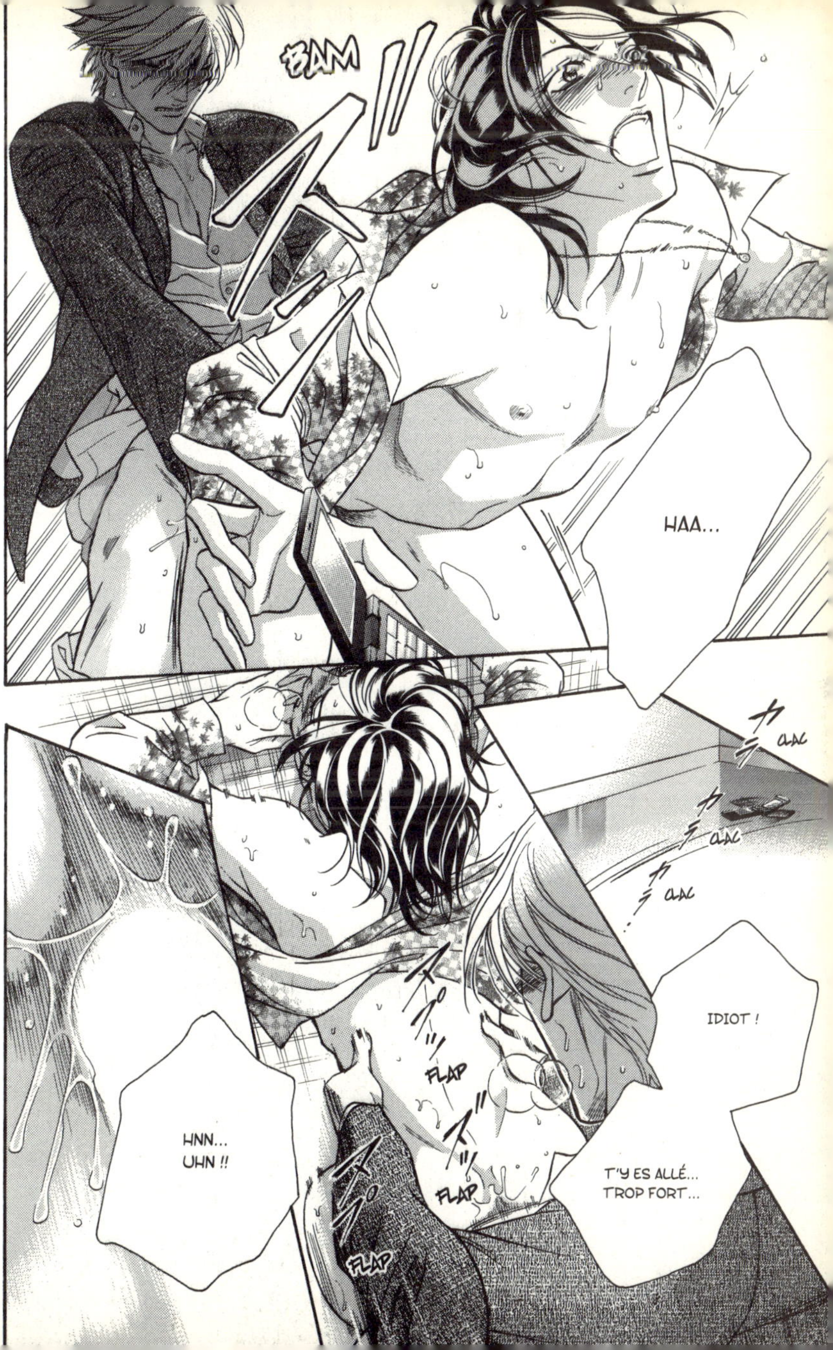
BAM
HAA...
CLAC
CLAC
CLAC
IDIOT !
T'Y ES ALLÉ... TROP FORT...
FLAP
FLAP
HNN... UHN !!
FLAP

BIP
AH, BOSS !
JE VOUS ATTENDS DEHORS.
J'AI DÉCIDÉ DE RESTER UNE NUIT DE PLUS, C'EST BON.
NON CE N'EST PAS LA PEINE, JE RENTRERAI TOUT SEUL.
DÉSOLÉ.
HAA
BIP
HAA
JE PENSE QUE C'EST BON...
FFL

TU NE DEVRAIS PAS LUI DIRE DE S'EN ALLER ?
IL PEUT ATTENDRE ! POURQUOI EST-CE QUE...
S'IL VIENT TE CHERCHER PARCE QUE TU N'ARRIVES PAS, ON VA ÊTRE EMMERDÉS...
T'AS PAS ENVIE QU'ON NOUS SURPRENNE, HEIN ?
FSH
FSH
AH... JE...
ET PUIS... SI TU VEUX, JE PEUX TE RACCOMPAGNER...
VVV
VVV
HUM

FSH
FSH
UH...
AAAH !
C'EST L'EXTASE ! DIRE QUE JE PENSAIS QUE CE NE SERAIT PAS POSSIBLE AVANT UN MOMENT...
EST-CE QUE DÔMOTO T'ATTEND ?
« JE PARS, SORS LA VOITURE. »
HEIN ? EUH OUI PEUT-ÊTRE...

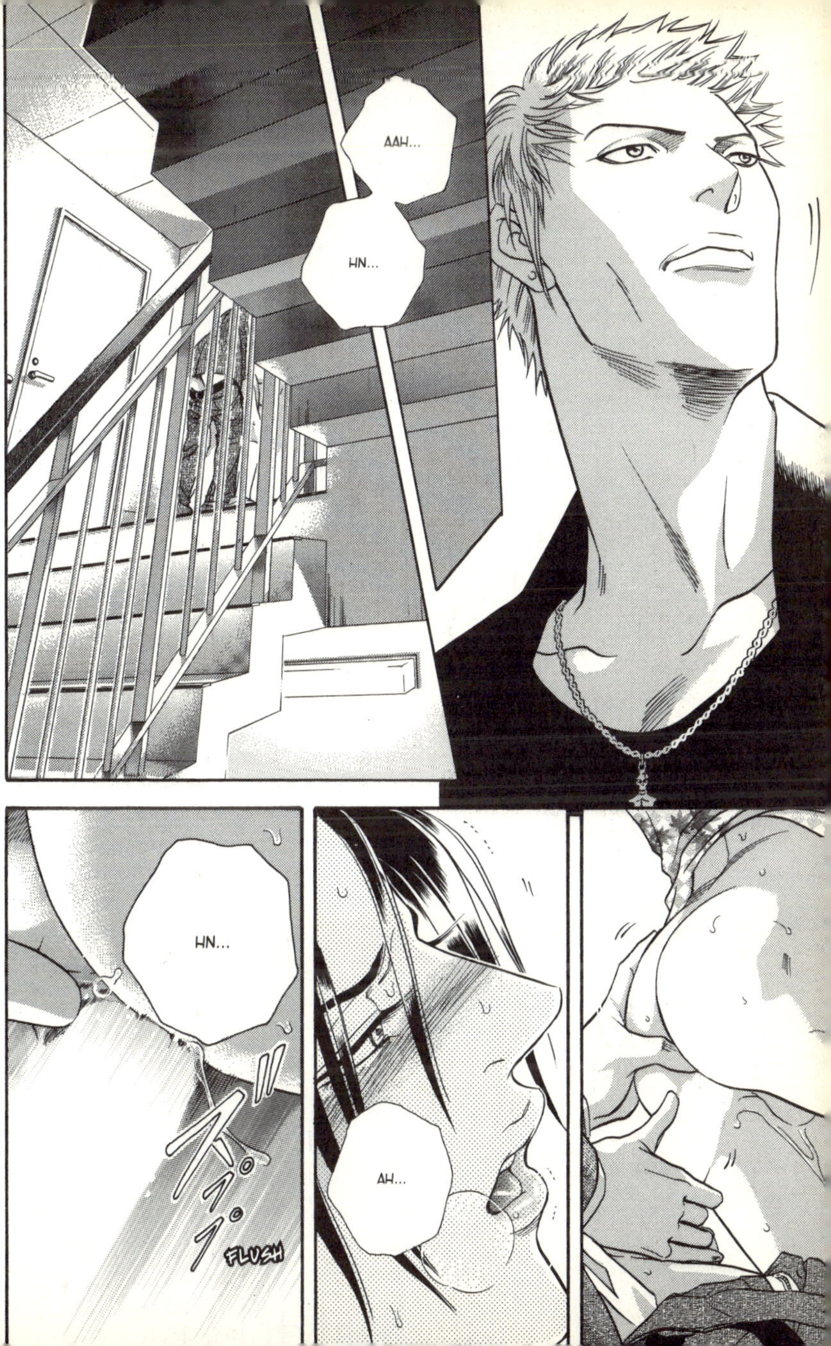
AAH...
HN...
HN...
FLUSH
AH...

TÔRU ?
AVANT ÇA, TU SERAS MON SEX-TOY. FAIS TON TRAVAIL MAINTENANT.
TU ME LAISSES FAIRE CE DONT J'AI ENVIE ?
KRR
JE NE DEVIENDRAI PAS UN OBJET, MAIS JE FERAI DU BON BOULOT.

MAIS AVANT ÇA...
JE VAIS T'ÉMASCULER. TU NE ME SOUS-ESTIMERAS PAS UNE DEUXIÈME FOIS !
HN
HN

GRIP
MAIS...
NOUS PRÊTERONS SERMENT SEULEMENT LORSQUE JE T'AURAI RECONNU COMME ÉTANT UN ÉLÉMENT UTILE !
TU VEUX QUE JE DÉVELOPPE MON SEX-APPEAL ? TU VAS VOIR CE QUE TU VAS VOIR...
ÉVIDEMMENT, C'EST MON BUT.
?!
GNN

TU PENSAIS QUE J'ALLAIS ENCORE ME METTRE À PLEURER EN TE DEMANDANT DE N'ÊTRE QU'À MOI ?
J'AI ABANDONNÉ CETTE DOUCE IDÉE EN RENTRANT DANS LE CLAN.
カァァァァ
BLUSH
C'EST QUOI CETTE REMARQUE ?
J'IGNORE CE QU'IL VEUT, MAIS ÇA LE GÊNERAIT PAS QUE JE COUCHE AVEC UN AUTRE ?
ON DIRAIT QU'IL VEUT QUE JE SOIS POSSESSIF AVEC LUI
DEPUIS TOUT À L'HEURE, IL FAIT LE MEC QUI SAIT TOUT...
COMPRIS. JE RECONNAIS TON EXISTENCE DANS CE CLAN.

ARRÊTE !
TU DOIS CULTIVER ET DÉVELOPPER CE QUE TU AS DE MIEUX QUE LES AUTRES...
COMME LE DIT LE BOSS, ACCEPTE-MOI. ACCEPTE AUSSI CE QUE TU ES. UTILISE CE QUE TU AS AU MAXIMUM, TU NE CROIS PAS QUE C'EST LE PLUS JUDICIEUX ?
TU ESSAIES DE TOURNER LES CHOSES À TON AVANTAGE, MAIS SI J'AVAIS ENVIE DE SÉDUIRE D'AUTRES HOMMES ?
EUH...

TOI, LA RÉPLIQUE DE LA PATRONNE DE LA GÉNÉRATION PRÉCÉDENTE.
CE VISAGE ET CE CORPS QUI M'ONT RENDU PRISONNIER...
TU SAIS COMBIEN ILS SONT BEAUX...

NE FAIS PAS COMME SI TU COMPRENAIS !
C'EST TOI QUI AGGRAVES MON COMPLEXE EN ME REGARDANT COMME SI J'ÉTAIS UNE FEMME.
KH
UN COMPLEXE ? À QUOI BON NIER CE QUE TU ES,
ÇA POURRAIT DEVENIR UNE ARME SI TU T'EN SERS BIEN.
TU LE SAIS N'EST-CE PAS ? SINON, TU NE LAISSERAIS PAS POUSSER TES CHEVEUX...
FH

JE SUIS LE SEUL À TE VOIR COMME AUTRE CHOSE QU'UN MEMBRE DU CLAN.
LE CLAN N'EST QU'UN MOYEN POUR QUE TU M'ACCEPTES.

J'AI REMARQUÉ QUE TU ÉTAIS TRÈS AIMÉ DANS LE CLAN.
CE DÔMOTO EST IMPRESSIONNANT.
QUAND JE LE REGARDE, JE VOIS BIEN QUE MES SENTIMENTS ENVERS TOI SONT DE TROP...
TU N'ES QU'UN HYPOCRITE !
DIFFICILE DE LE NIER PUISQUE JE NE SUIS ICI QUE PAR CALCUL...
MAIS JE PENSE QUE TU AS BESOIN DE MOI.

TAP
SI TU NE PEUX PLUS ME VOIR EN PEINTURE, POURQUOI NE PAS CONTINUER À M'IGNORER ?
AINSI, LA PROMESSE NE SERAIT PAS ROMPUE ET JE NE T'APPROCHERAIS PLUS.
TODOM
UH...
QUOI ?
ÇA T'A TANT DÉPLU QUE JE FASSE SEMBLANT DE PAS TE CONNAÎTRE ?
T'APPROCHE PAS !
POURQUOI ?
C'EST TOI QUI VIENS DE NOUS OFFRIR DU TEMPS ENSEMBLE.
TU TE CROIS OÙ ? SI TU FAIS QUOI QUE CE SOIT DE LOUCHE,
J'APPELLE AU SECOURS ET TU SERAS FOUTU.
TU N'APPELLERAS PERSONNE.
TU T'ES JETÉ DEVANT MON PÈRE POUR ME PROTÉGER.

JE NE POUVAIS PAS COUCHER AVEC TOI PUIS DIRE À TON PÈRE QUE ÇA NE M'INTÉRESSAIT PAS. JE NE SUIS PAS FOU.
MON PÈRE M'A DIT QUE LA COLÈRE DU TIEN ÉTAIT COMPLÈTEMENT FEINTE....
ET QUE SI TU AVAIS DÉCIDÉ DE NE PAS ENTRER DANS LE CLAN, IL T'AURAIT DÉFENDU !
EN RÉSUMÉ, SI TU ES LÀ, C'EST QUE TU L'AS CHOISI !
ARRÊTE TES CONNERIES !
IL EST CURIEUSEMENT MALIN PARFOIS.
JE CROIS QUE LE BOSS LE SOUS-ESTIME UN PEU TROP...
C'EST VRAI, JE CARESSE LE BOSS DANS LE SENS DU POIL POUR RÉALISER MON PROPRE OBJECTIF.
QUOI ?

VIENS-LÀ !
EUH... TÔRU...
CLAP
POURQUOI TU ME REGARDES COMME S'IL NE S'ÉTAIT RIEN PASSÉ ENTRE NOUS ?
COMMENT ÇA ?
TU L'AS DIT TOI-MÊME, QUE SI JE FAISAIS PARTIE DU CLAN, JE N'AURAIS PLUS AUCUN LIEN AVEC TOI.
ET ALORS ? TU M'AVAIS DIT QUE TU N'Y ENTRERAIS PAS ! ET TU OSES TE POINTER ICI ?

KSHH
BONNE JOURNÉE BOSS.
カッチーン
KH

T'AS VU SON COMPORTEMENT TOUT À L'HEURE.
TU PEUX TOUJOURS RÊVER !
PFOU...
TING

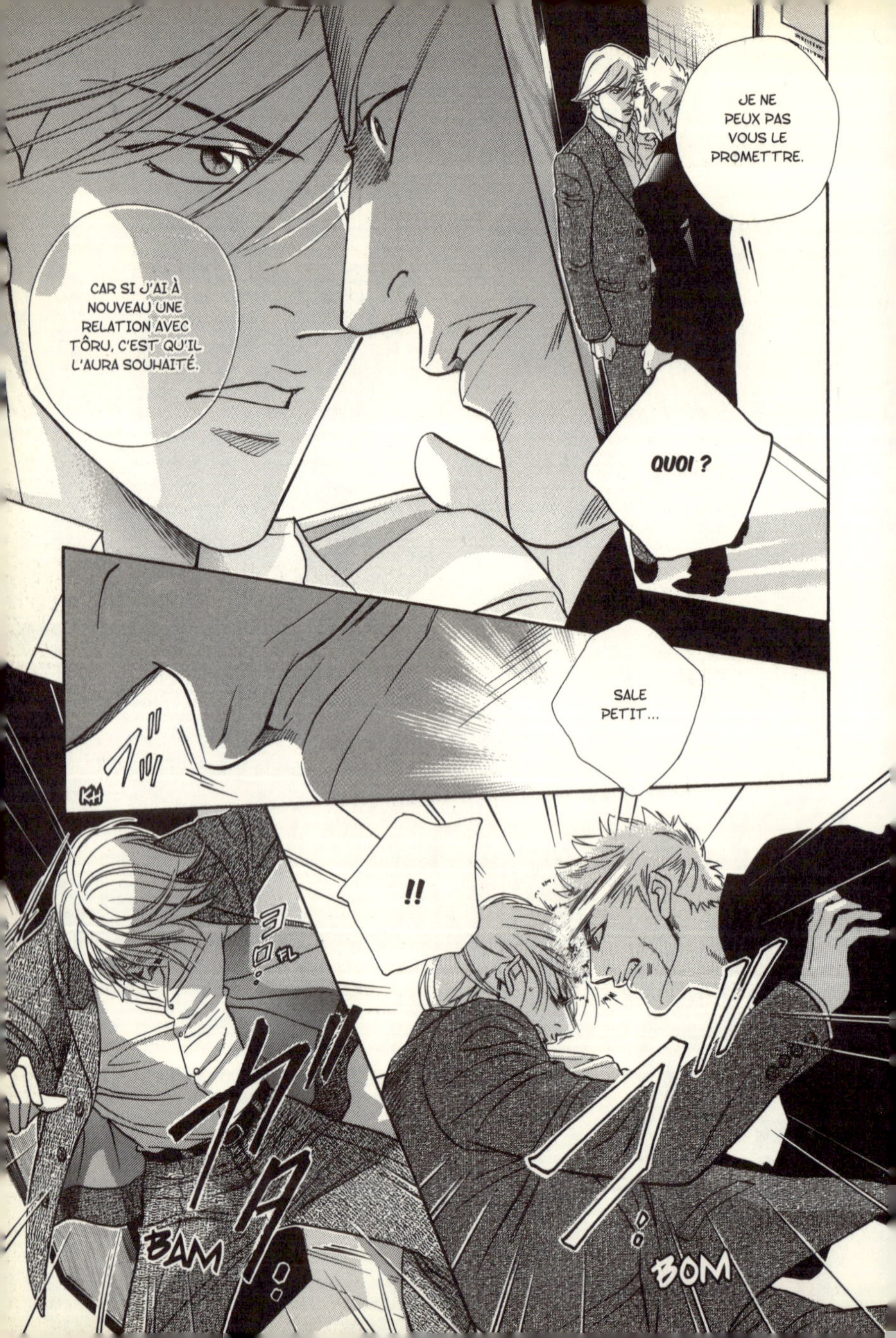

JE NE PEUX PAS VOUS LE PROMETTRE.
CAR SI J'AI À NOUVEAU UNE RELATION AVEC TÔRU, C'EST QU'IL L'AURA SOUHAITÉ.
QUOI ?
SALE PETIT...
!!
BOM
BAM

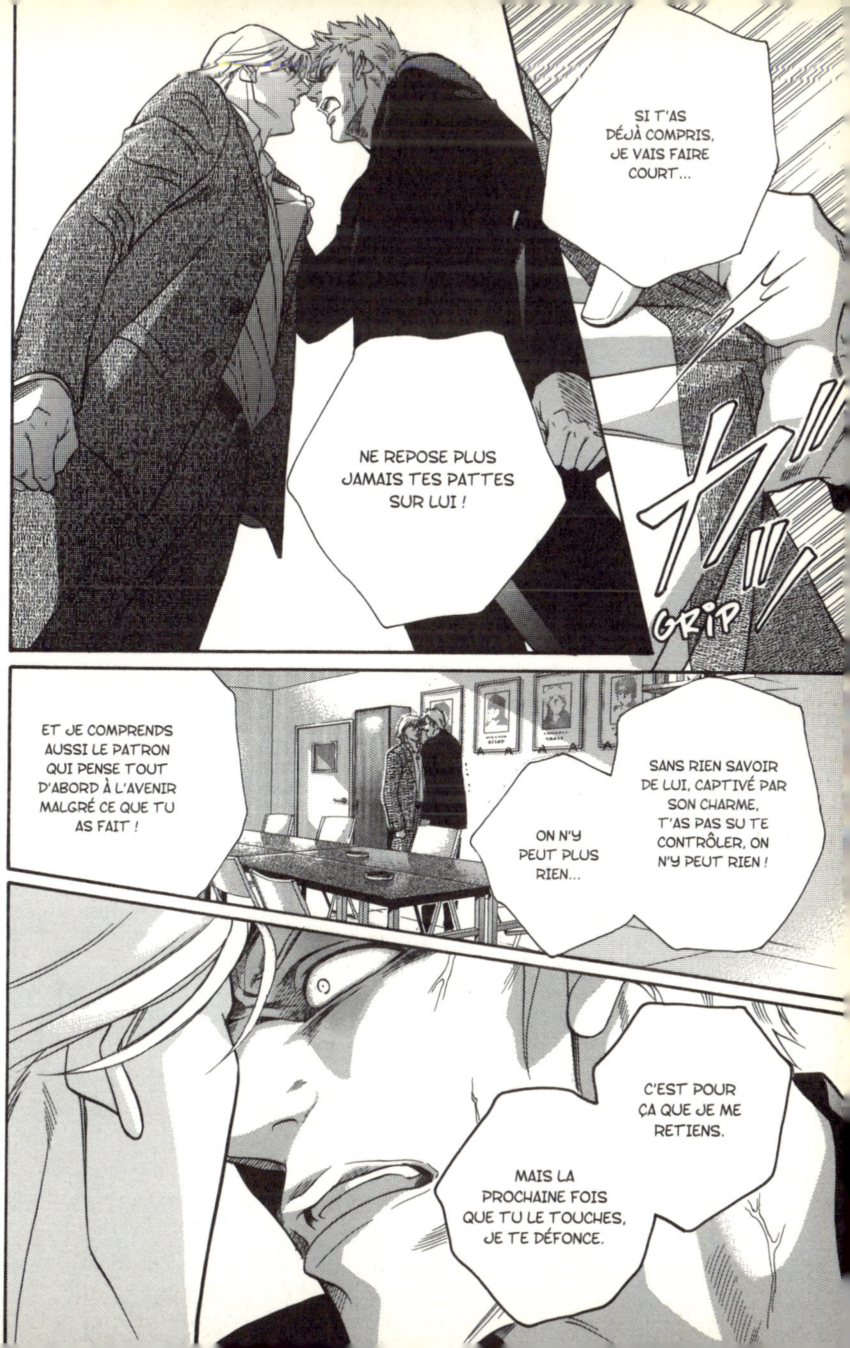
SI T'AS DÉJÀ COMPRIS, JE VAIS FAIRE COURT...
NE REPOSE PLUS JAMAIS TES PATTES SUR LUI !
GRIP
SANS RIEN SAVOIR DE LUI, CAPTIVÉ PAR SON CHARME, T'AS PAS SU TE CONTRÔLER, ON N'Y PEUT RIEN !
ON N'Y PEUT PLUS RIEN...
ET JE COMPRENDS AUSSI LE PATRON QUI PENSE TOUT D'ABORD À L'AVENIR MALGRÉ CE QUE TU AS FAIT !
C'EST POUR ÇA QUE JE ME RETIENS.
MAIS LA PROCHAINE FOIS QUE TU LE TOUCHES, JE TE DÉFONCE.

ELLE AUSSI A PORTÉ LE POIDS DE TOUT UN CLAN SUR SES ÉPAULES ET A SU RÉSISTER À TOUTE CETTE PRESSION, EN DÉPIT DE SON PHYSIQUE PEU IMPOSANT.
LUI AUSSI EST PLUS PETIT QUE CE QU'ON IMAGINE, INCAPABLE DE GROSSIR MALGRÉ TOUT CE QU'IL MANGE, DÉSAVANTAGÉ LORS DE RIXES...
EST-CE PARCE QUE JE L'AI TRAITÉ « COMME UNE FILLE » QUE VOUS NE POUVEZ PAS ME PARDONNER ?
ENFOIRÉ !
AUJOURD'HUI, J'AI COMPRIS QUE VOUS ÉTIEZ SUR L'ÎLE.
C'EST VOUS QUI AVEZ AVERTI LE BOSS DE LA SITUATION.
VOUS AVEZ DÛ ÊTRE SURPRIS DE ME VOIR ARRIVER EN UN SEUL MORCEAU AUJOURD'HUI.

C'EST SON PORTRAIT CRACHÉ, HEIN ?
C'EST LA PATRONNE DE LA GÉNÉRATION PRÉCÉDENTE, LA MÈRE DU PARRAIN ACTUEL.
SI CE SONT LES PORTRAITS DE TOUS LES PARRAINS, POURQUOI LE SIEN EST-IL LÀ ?
LORSQUE LE POUVOIR A ÉTÉ CÉDÉ AU PARRAIN ACTUEL, IL ÉTAIT ENCORE JEUNE ET LA FAMILLE ÉTAIT DIVISÉE.
ELLE A DIRIGÉ LE CLAN PENDANT UN MOMENT.
COMME ELLE AVAIT DU SANG DE LA FAMILLE SUKI, LES TENSIONS SE SONT APAISÉES.
MAIS TOUT NE REPOSAIT PAS UNIQUEMENT SUR SES ORIGINES, ON DIT D'ELLE QU'ELLE AVAIT DU CRAN À REVENDRE.
LE PARRAIN D'UNE BRANCHE CADETTE DU CLAN QU'ELLE AVAIT AIDÉ QUAND IL ÉTAIT JEUNE A MÊME PLEURÉ EN VOYANT LE VISAGE DE TÔRU DES ANNÉES PLUS TARD.
LE DEVOIR DES ENFANTS EST DE DÉPASSER LEURS PARENTS.
SI LE BOSS ARRIVE À LE FAIRE DE SON VIVANT, CE SERA DÉJÀ UN EXPLOIT CAR IL Y A EU AVANT LUI D'ADMIRABLES PARRAINS.

HÉ, ALLEZ BOSSER UN PEU !
AH.
Ah.
Ah.
GRR
Quoi ?
euh oui
oui
IL A QUELQUE CHOSE À ME DIRE. ENFIN, JE COMPRENDS...
ELLE RESSEMBLE À TÔRU...

VOTRE LOYAUTÉ DÉPEND-ELLE DE LA VIRILITÉ DU BOSS ?
RÉFLÉCHISSEZ BIEN !
LE BOSS EST UN CAS PARTICULIER, IL PEUT FAIRE CE QU'IL VEUT AVEC QUI IL VEUT.
C'EST LE BOSS !
OUI, C'EST VRAI...
Désolé
HUM... ET QUI EST-CE ?
C'EST LE FILS D'UN DES BRAS DROITS.
IL PASSERA DE TEMPS EN TEMPS ICI, ALORS ÉVITEZ DE LUI ABOYER DESSUS.
Passez le mot aux autres

* C'EST AINSI QUE L'ON APPELLE UN MEMBRE DU CLAN PLUS ÂGÉ ET/OU PLUS HAUT PLACÉ HIÉRARCHIQUEMENT

MAIS QUOI ?
BEN SI ON Y RÉFLÉCHIT, ON POURRAIT PENSER QU'IL A « RENCONTRÉ» UN MEC
PENDANT SON VOYAGE...
LE BOSS ? TU DÉCONNES !
MAIS... AVOUEZ QUE CE MATIN, IL ÉTAIT DIFFÉRENT... IL DÉGAGEAIT QUELQUE CHOSE, UNE SORTE D'AURA SEXUELLE...
OUI, EXACTEMENT !
QUAND ON Y PENSE,
DÔMOTO AUSSI ÉTAIT ABSENT À LA MÊME PÉRIODE...
C'EST IMPOSSIBLE. DE TOUS NOS SUPÉRIEURS, C'EST CELUI QUI EST LE PLUS SÉVÈRE AVEC LUI.
J'AVAIS RAISON, C'ÉTAIT LUI...
ALORS UN AUTRE HOMME ? JE LUI PARDONNERAI PAS !

LES APPARTEMENTS DES MEMBRES DU CLAN SONT AU 3E ET AU 4E.
LE 2E EST RÉSERVÉ AUX DIRIGEANTS ET EN DESSOUS, CE SONT LES BUREAUX.
CELA SIGNIFIE QUE QUELQU'UN LES A INFORMÉS DE CE QUI SE PASSAIT ENTRE TÔRU ET MOI.
IL A SÛREMENT CHOISI COMME GARDE DU CORPS LA PERSONNE LA PLUS DÉVOUÉE À TÔRU.
SI TU FAIS UNE CONNERIE, TU DÉCOUVRIRAS À QUOI SERT LE SOUS-SOL.
TOUS LES JEUNES SE RASSEMBLENT AU 1ER.
À CETTE HEURE-CI, ÇA DOIT ÊTRE PLEIN.
« C'EST AUSSI SIMPLE QUE ÇA » ? AVEC TOUTES LES DISPOSITIONS QU'IL A PRISES ?
FH
ÇA SAUTE AUX YEUX ! IL S'EST PASSÉ QUELQUE CHOSE !

CLAP
DIS,
C'EST UN PETIT MALIN TON FILS.
VENANT DE TOI, C'EST UN SACRÉ COMPLIMENT.
TING
« NI L'UN NI L'AUTRE »

BOSS, JE VOUDRAIS VOUS DEMANDER...
HIER SUR L'ÎLE... VOUS COMPTIEZ ARRIVER À CE MOMENT-LÀ DÈS LE DÉPART OU EST-CE QUE ÇA S'EST DÉCIDÉ SUR LE MOMENT ?
...
HUM... NI L'UN NI L'AUTRE...
J'AI COMPRIS, MERCI BEAUCOUP.

T'EN ES ENCORE LÀ ?
DÔMOTO, JE PARS. SORS LA VOITURE.
NOUS NOUS SOMMES JURÉS QUE S'IL RENTRAIT DANS LE CLAN,
IL NE SERAIT JAMAIS À MES CÔTÉS !
CLAC
BOSS !
DÔMOTO, LAISSE-LE.
EMMÈNE PLUTÔT MUTSUMI ET PRÉSENTE-LE AUX MEMBRES DU CLAN QUI SONT LÀ.
ALLEZ,
VIENS !
PFUH
OUI...
...?

JE VOUS REMERCIE.
QUE...?!
TÔRU.
TU AS FAIT TON CHOIX ?
LES PROBLÈMES D'ARGENT DU CLAN...
ET MON AVIS SUR CETTE QUESTION, N'ONT AUCUN RAPPORT.

Loi antigang : loi dont le but est d'interdire les comportements de racket. Selon les régions et les arrêtés, sont aussi punis par la loi les individus et les entreprises qui offrent de l'argent aux gangs pour obtenir des services.

JE NE PENSAIS PAS VOIR MON FILS TE CHEVAUCHER COMME ÇA !
ha ha ha
MUTSUMI,
ON VA AVOIR BESOIN DE TOI, TU PASSERAS DE TEMPS EN TEMPS. APRÈS AVOIR FINI LA FAC, TU N'AURAS PAS À CHERCHER DU BOULOT.
C'EST POUR TON CV QUE JE TE VEUX, AINSI QUE POUR ÇA.
JE VOUS REMERCIE.
TOC
TOC
OH, ENTRE !
VEUILLEZ EXCUSER NOTRE RETARD.

OUAAAH...
ENCORE PLUS AUJOURD'HUI...
GRR
ah...
BAM
Pardonnez-nous !
Gyaah
TAP
TAP
hahaha
ON NE PEUT VRAIMENT RIEN TE CACHER ITSUKI !
OUI, J'AI EXILÉ DEUX JEUNES GARÇONS EN RUT SUR UNE ÎLE.
ÇA NE M'A PAS EMPÊCHÉ D'ÊTRE SURPRIS EN ARRIVANT...
POUR ÊTRE FRANC, C'EST JUSTE PARCE QUE L'OCCASION S'EST PRÉSENTÉE. C'EST AUSSI SIMPLE QUE ÇA.
SUKI

BOSS !
BONJOUR !
À VOTRE SERVICE !
CONTINUEZ DE BIEN BOSSER.
ZIEUTE
hum

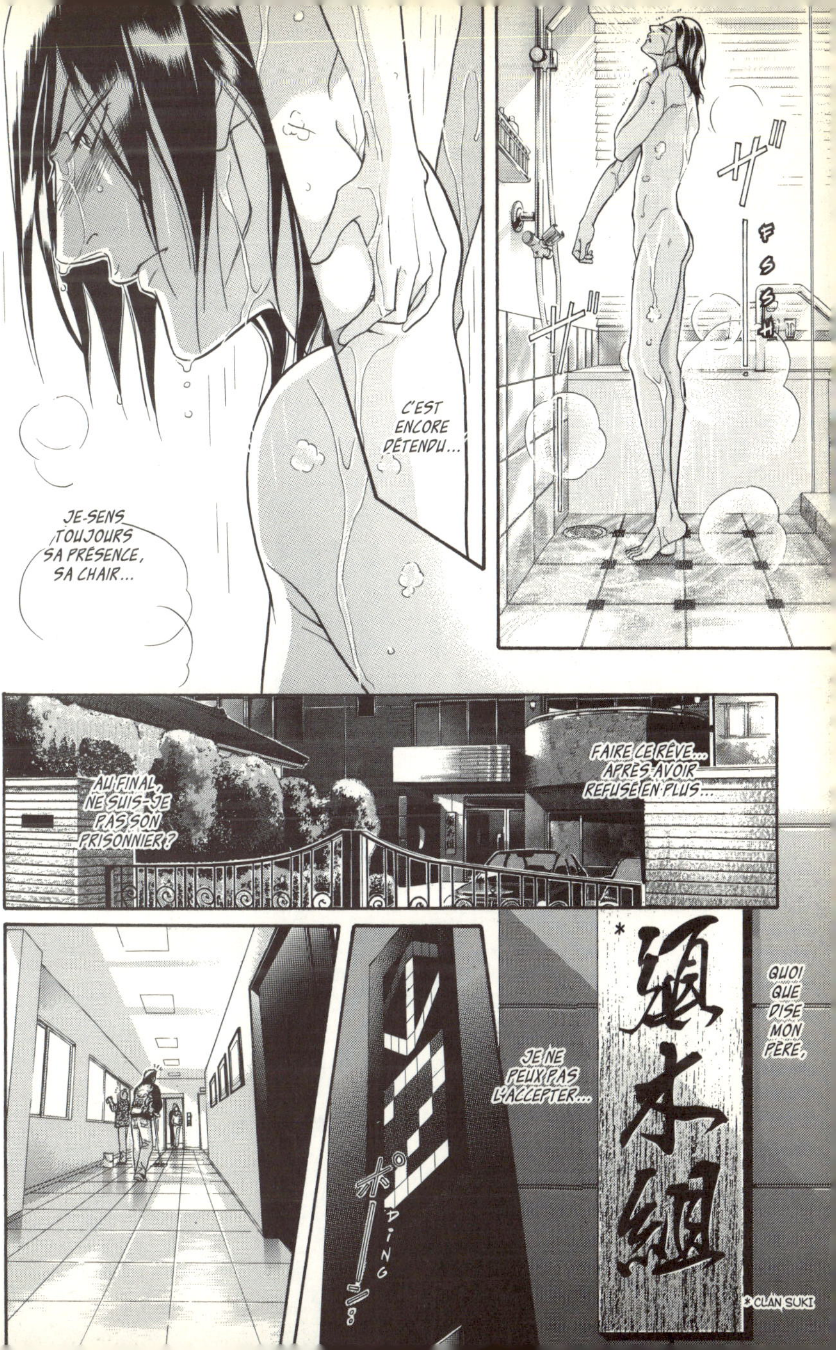
FSSH
C'EST ENCORE DÉTENDU...
JE SENS TOUJOURS SA PRÉSENCE, SA CHAIR...
FAIRE CE RÊVE... APRÈS AVOIR REFUSÉ EN PLUS...
AU FINAL, NE SUIS-JE PAS SON PRISONNIER ?
QUOI QUE DISE MON PÈRE,
JE NE PEUX PAS L'ACCEPTER...
*須木組
DING
* CLAN SUKI

S'IL SE LAVE,
JE PEUX METTRE
ÇA AU SALE...
BOSS !
FSSHH
FSSHH

AH OUI, JE SUIS REVENU DE L'ÎLE…
UH
VOILÀ QUI EST ENNUYEUX, JE VOUS FAIS PRÉPARER DES FILLES ?
PAF
LA FERME !
POF
FAIT CHIER !
JE VAIS PRENDRE UNE DOUCHE !
POF
ATTENDEZ…

« J'AI LAISSÉ FAIRE ITSUKI AUTANT DE FOIS QU'IL EN A EU ENVIE. »
BOOOSS !
AH
OH, DÔMOTO ?
IL EST PLUS DE MIDI... RÉVEILLEZ-VOUS.
LA RÉUNION AVEC VOTRE PÈRE ET SON BRAS DROIT EST À 15H, VOUS VOUS SOUVENEZ ?

FAIS CE QUE TU VEUX DE MOI JUSQU'À NOTRE DÉPART...
UH...
QUE TU ES CRUEL TÔRU...
ÇA VA TROP VITE...
BOSS...
BOSS !

キスフリーキ。

LE VOILÀ BIEN DÉCIDÉ, LUI QUI ÉTAIT VENU FAIRE SON CHOIX.
ALORS, TU VAS ENCORE FAIRE DES CHICHIS POUR CE QUI N'EN VAUT PAS LA PEINE ?
SI TU L'ACCEPTES, CE SERA TOUT À TON BÉNÉFICE.

J'IMAGINE QUE S'IL EST EN UN SEUL MORCEAU, C'EST QUE TON TRAUMATISME S'EST COMPLÈTEMENT APAISÉ.
GRÂCE À TOI...
ET PUIS...
FSH
FSH
JE SUIS AVEC TOI...
BOSS, VEUILLEZ M'ACCEPTER DANS LE CLAN.
JE ME DONNE TOUT ENTIER À SON SERVICE SOUS VOTRE TUTELLE.

EN RÉALITÉ, QUEL QUE SOIT LE CHEMIN QU'IL AURAIT CHOISI, JE L'AURAIS ACCEPTÉ. MAIS JE NE PENSAIS PAS QUE CE SERAIT CELUI-LÀ...
SI TU ES SÛR DE TOI, JE N'AI RIEN À AJOUTER. OBSTINE-TOI.
MAIS SANS CELA, IL N'AURAIT PEUT-ÊTRE JAMAIS CONNU AUTANT DE DÉSIR.
DANS CE CAS,
JE M'ÉLÈVERAI À CE NIVEAU !
ET LORSQUE L'ON TROUVE CELA...
REGARDE-LE, IL A L'AIR PLUTÔT EN FORME.

IL Y A PAS MAL DE JEUNES ET BONS ÉLÉMENTS QUI SERAIENT PRÊTS À DONNER LEUR VIE POUR TÔRU.
SI TU VEUX JUSTE LE PROTÉGER, C'EST BIEN, MAIS TU N'ES PAS À LEUR NIVEAU.
COMME ÇA, JE PEUX RESTER AUX CÔTÉS DE TÔRU SANS QUE ÇA LE GÊNE.
SI MON SOUHAIT DE LE PROTÉGER EST EXAUCÉ, JE SERAI FACILEMENT MANIPULABLE.
LE PROTÉGER ? S'IL T'ENTENDAIT, SHINYA T'ENVERRAIT VALDINGUER SUR TROIS MÈTRES...
IL EST LE PIVOT DU CLAN. CE N'EST PAS PARCE QU'IL FAIT PARTIE DU CLAN QU'IL NOUS EST REDEVABLE.
IL FAUT QUE TU COMPRENNES QU'IL N'EST PAS UNE PIÈCE QUE L'ON PEUT BOUGER SUR UN ÉCHIQUIER.

ALORS, EST-CE QUE TÔRU EST UN BON COUP ?
PARDON ?
VOUS AVEZ AGI EXACTEMENT COMME JE L'AVAIS PRÉVU.
DANS CE CAS, LE PLAN A MARCHÉ, NON ?
TU N'AS TOUJOURS PAS COMPRIS ? IL VOUS A ISOLÉS SUR CETTE ÎLE POUR QUE VOUS VOUS SAUTIEZ DESSUS.

* LE RENARD ET LE TANUKI (CHIEN VIVERRIN) SONT DEUX ANIMAUX CONSIDÉRÉS COMME ÉTANT RUSÉS DANS LES LÉGENDES JAPONAISES.

PEUT-ÊTRE QUE TOI ÇA NE TE...
QUOI ?
PÈRE !
C'EST UN PEU TROP DÉTAILLÉ POUR MOI...
QU'EST-CE QUE TU CROIS ? À TON ÂGE, JE PLAISAIS AUTANT AUX HOMMES QU'AUX FEMMES...

COMPARÉ À ÇA, CE QUI LEUR ARRIVE MAINTENANT, C'EST DE LA GNOGNOTTE...
QUE C'EST MIGNON TOUT ÇA...
DE TOUTE FAÇON, TU M'AS CLAIREMENT FAIT COMPRENDRE QUE TU NE VOULAIS PAS D'UN BRAS DROIT QUE JE T'AURAIS CHOISI.
PAUVRE MUTSUMI !
IL VOULAIT UN SERMENT DE FRATERNITÉ ET VOUS AVEZ PARTAGÉ AUTRE CHOSE À LA PLACE...
ÇA N'A RIEN À VOIR ! IL VOULAIT DÉJÀ COUCHER AVEC MOI AVANT ÇA !
C'EST POUR ÇA QUE JE LUI AI DIT QUE JE NE VOULAIS PAS DE CE GENRE DE SERMENT !
MAIS DE LA PART D'UNE PERSONNE QUI DOIT SE PLACER AU-DESSUS DES AUTRES, C'EST MAL VU !
DIS... TU L'AS COMPLÈTEMENT ACCULÉ... C'EST DE MOINS EN MOINS RELUISANT CETTE HISTOIRE...
Tu es sans pitié.
BAH, C'EST PETIT UN TROU DU CUL...
MOI, J'AI LAISSÉ FAIRE ITSUKI AUTANT DE FOIS QU'IL EN A EU ENVIE.

SI ONCLE KIRIA A EU UN PASSÉ AUSSI DIFFICILE, IL RISQUE DE PUNIR MUTSUMI DE FAÇON DÉMESURÉE !
MUTSUMI ME RECONNAÎT EN TANT QUE CHEF DE CLAN,
MAIS IL SAIT AUSSI ME REMETTRE À MA PLACE.
SI C'EST UN CRIME D'AVOIR COUCHÉ AVEC MOI ET QUE LE SEXE ENTRE DEUX HOMMES CONSENTANTS EST INTERDIT, IL N'EST PAS JUSTE QUE MUTSUMI SOIT LE SEUL À ÊTRE PUNI !
JE VOIS...
RIEN À VOIR AVEC NOUS À NOTRE ÉPOQUE...
ITSUKI S'EST RAPPROCHÉ DE MOI PARCE QUE J'ÉTAIS UN ATOUT POUR GAGNER CONTRE GÔTA.
MAIS IL N'AVAIT SANS DOUTE PAS TOUT PRÉVU...
MÊME S'IL SEMBLE PLAUSIBLE QU'IL AIT CHERCHÉ À SE FAIRE BRUTALISER PAR GÔTA POUR POUVOIR ME RACONTER SON HISTOIRE,
IL N'AVAIT SÛREMENT JAMAIS IMAGINÉ QUE NOUS AURIONS UNE LIAISON.
IL SOUHAITAIT M'UTILISER
MAIS AYANT COMPRIS SON JEU, JE SAVAIS QUE JE POURRAIS RETOURNER LA SITUATION EN MA FAVEUR.

NE TE RETIENS PAS...
MA LAME EST BRISÉE, JE SERAI LE FOURREAU DE TON ÉPÉE NUE...
LIBÈRE-TOI !
PÈRE,
J'Y RETOURNE !

GÔTA ! TU PROFITES DE CE QUE MON PÈRE A LE DOS TOURNÉ POUR L'HUMILIER ?
CONNARD ! ON SAIT TOUS COMMENT TU TE COMPORTES AVEC ELLE, TU PENSES QU'ON VA TE CROIRE ?
NON ! C'EST ELLE QUI A VOULU...
« ON TENTE LE TOUT POUR LE TOUT »
NOBUHIRO GÔTA, NOUS VOUS ARRÊTONS POUR SUSPICION DE PROXÉNÉTISME SUR MINEURS !
« MUTSUMI, SAUVE LES ENFANTS QUI VIVENT CE QUE TU AS VÉCU »
ET TOI AUSSI...

PLUS JAMAIS...
JE VAIS M'OCCUPER DE GÔTA.
TOUT D'ABORD, JE VAIS AVOIR BESOIN DU SOUTIEN DU CLAN, ENSUITE JE VAIS DEVOIR VOUS DEMANDER DE FAIRE QUELQUE CHOSE QUI NE VOUS PLAIRA PAS.
CE N'EST PAS CHER PAYÉ SI JE N'AI PLUS JAMAIS À REVOIR GÔTA.
BAM

SI TU M'AIDES À M'ÉLEVER, LE NOMBRE DE PERSONNES QUE TU POURRAS REGARDER DE HAUT AUGMENTERA.
PEUT-ÊTRE MÊME QU'UN JOUR, TU RIRAS AU NEZ DES CLIENTS QUI T'ONT PIÉTINÉ.
UNE FOIS QU'IL Y AURA GOÛTÉ,
IL NE POURRA PLUS
S'ÉLOIGNER DE MOI...

NE TE MÉPRENDS PAS.
POUR ME L'ATTACHER, JE DOIS LE LIBÉRER DE CE SENTIMENT D'HUMILIATION.
JE VEUX QUE TU ME PRENNES.
SELON TON RAISONNEMENT, CELUI QUI PREND UN HOMME LUI DEVIENT SUPÉRIEUR.
LUI DONNER LA LIBERTÉ D'ESPRIT QU'IL N'A JAMAIS EUE.
PENSES-Y, IL N'Y A PAS PLUS HAUT PLACÉ QUE MOI DANS LE CLAN...
SI TU ME PRENDS, TU SERAS AU-DESSUS DE GÔTA ET DE TOUS LES DÉCHETS QUI T'ONT VIOLÉ.

LA SEULE CHOSE AU MONDE QUE JE SOUHAITAIS, C'ÉTAIT M'ENFUIR…
MAIS RIEN N'A CHANGÉ, JE SUIS TOUJOURS LE SAC À FOUTRE DE GÔTA.
J'AI TROUVÉ
COMMENT
L'ENCHAÎNER À MOI !
JE VAIS RÉALISER TON SOUHAIT.
JE VAIS TE LIBÉRER CORPS ET ÂME DE GÔTA.

JE NE LEUR AI PAS DONNÉ TON NOM ET JE LES AI SEMÉS.
T'INQUIÈTE PAS.
TU N'Y RETOURNERAS PLUS JAMAIS. ON EST GRILLÉS, MAIS T'AS SUPER BIEN BOSSÉ, JE LE LAISSERAI PAS T'AVOIR À NOUVEAU.
ASSIEDS-TOI.
DÉSOLÉ, JE NE SUIS PAS TRÈS SOLIDE...
LE PHYSIQUE NE SUIT PAS LE MENTAL.
POURTANT J'EN AI BAVÉ QUAND J'ÉTAIS GOSSE...
LORSQUE GÔTA M'A RAMENÉ APRÈS M'AVOIR ACHETÉ, TOUT ÉTAIT PRÊT POUR LA TOURNANTE.
À L'ÉPOQUE OÙ J'AVAIS DES CLIENTS TOUS LES JOURS, JE NE VOULAIS QU'UNE CHOSE, EN FINIR...
RECOUVERT DE LA SUEUR DE CES PORCS, JE ME DISAIS QUE J'ÉTAIS AU PLUS BAS DE L'ÉCHELLE HUMAINE...

ITSUKI ?
QUE S'EST-IL PASSÉ ?
DÉSOLÉ POUR LE RETARD...
FFH
GÔTA ?
IL A... ENTENDU MON... DERNIER APPEL...
IL A... VOULU SAVOIR... DE QUOI IL S'AGISSAIT... IL EST ASSEZ... OBSTINÉ...

SHINYA PEUT SE TARGUER D'AVOIR DU SANG DE LA FAMILLE SUKI DANS LES VEINES ! ON LE CROYAIT TROP JEUNE POUR PRENDRE LA SUCCESSION, MAIS...
C'EST ITSUKI, J'AI DES INFOS INTÉRESSANTES...
RENDEZ-VOUS CE SOIR ?
OK... AU MÊME ENDROIT.
APRÈS CELA, ITSUKI A CONTINUÉ À RÉPONDRE À MES ATTENTES.
KSS
IL M'EST BIEN PLUS UTILE QUE JE NE L'IMAGINAIS.
LE PROBLÈME EST QU'UNE FOIS MON BUT ATTEINT, IL SERA DIFFICILE DE RESTER EN CONTACT AVEC LUI.
IL N'APPARTIENT PAS À CE MONDE À LA BASE, IL VOUDRA SANS DOUTE REFAIRE SA VIE LORSQU'IL AURA ÉCHAPPÉ À GÔTA.
JE NE POURRAI PAS L'OBLIGER À RESTER
CAR SINON, IL FINIRA PAR ME MORDRE COMME IL A MORDU GÔTA.
MAIS QU'EST-CE QU'IL FOUT ? IL EST EN RETARD...
TAC

* CLAN SUKI
T'AS ENTENDU LA DERNIÈRE ? SHINYA A FAIT UNE GROSSE AFFAIRE !
OUI JE SAIS ! IL A ESQUIVÉ LE PIÈGE DES FLICS. PARAÎT QUE ÇA LUI A RAPPORTÉ BEAUCOUP DE BLÉ.
J'AI AUSSI ENTENDU DIRE QUE GÔTA ÉTAIT SUR LE COUP, MAIS QU'IL A EU LES FOIES ET A LAISSÉ TOMBER.
IL DOIT ÊTRE VERT DE RAGE.
C'EST GÔTA QU'IL VISE, NOUS AVONS LA MÊME CIBLE.
BIEN, ASSOCIONS-NOUS.
ON VA DEVANCER LES FLICS ET SE FAIRE UN MAX DE BLÉ.

EST-CE QUE TU T'ES TOTALEMENT RETIRÉ DU « MÉTIER » ?
QU'EST-CE QU'IL CHERCHE ?
BAH
SI C'EST ÇA QUI T'INTÉRESSE, OUBLIE CE QUE J'AI DIT.
hé hé
S'IL NE PEUT MÊME PLUS SE SERVIR DU SEXE POUR SERVIR SES PROPRES INTÉRÊTS,
C'EST QUE LA RANCOEUR DE CET ENFANT VENDU ET ABUSÉ DOIT ÊTRE PROFONDE.

LAISSEZ-NOUS SEULS UNE PETITE HEURE, J'AI À LUI PARLER.
BOSS ?!
JE DOIS AVANCER PRUDEMMENT.
TOUT CE QUI SE JOUE EN CE MOMENT EST LIÉ À LA SUCCESSION
MAIS GÔTA N'EST PAS AUSSI MALIN.
ET SI CE N'EST PAS SON STYLE DE METTRE AU POINT CE GENRE DE STRATAGÈME,
QU... QUOI ?
SHH
PEUT-ÊTRE EST-CE LE SIEN ?

PARCE QUE GÔTA ÉTAIT INTÉRESSÉ AU DÉPART.
COMMENT ES-TU AU COURANT ?
UN DE SES CLIENTS EST UN COMMISSAIRE DE POLICE QUI AIME SE DISTRAIRE AVEC DES ENFANTS.
GÔTA LUI FOURNIT DE QUOI S'AMUSER ET EN ÉCHANGE, IL DONNE DES INFOS. JE LE SAIS PARCE QUE C'EST MOI QUI AI SERVI D'INTERMÉDIAIRE.
MAIS LIBRE À TOI DE TOMBER DANS LEURS FILETS.
TU CROIS QU'ON VA AVALER ÇA ?
CE QUE TU VEUX, C'EST VOIR GÔTA À LA PLACE DU CHEF !

MAIS SI TU METS LA MAIN DESSUS, TU SERAS LE PROCHAIN BOSS À COUP SÛR !
IMAGINE, 30 MILLIONS ! ON PEUT PAS LES LAISSER FILER !
SI ON TOUCHE LE JACKPOT, ÇA MET TOUTES LES CHANCES DE TON CÔTÉ !
...
ÇA SENT PAS BON. ÇA VA TROP VITE.
C'EST UN COUP MONTÉ PAR LES FLICS.
HEIN ?!
TU TE CROIS OÙ, TOI ?
BAH

DE BEAUCOUP DE MONDE. DIFFICILE D'EN TRACER LA SOURCE.
HEIN ? D'OÙ ELLE SORT CETTE HISTOIRE... ?
IL PARAÎT QUE LA CAME EST DÉJÀ DANS LE PAYS
ÇA VA PARTIR TRÈS VITE.
ÇA ME SEMBLE UN PEU TROP FACILE. S'IL S'AGIT VRAIMENT DE 5 KG D'AMPHET', ON PEUT EN TIRER 30 MILLIONS.

GÔTA ESSAIE DE SE FAIRE UN PEU DE BLÉ EN DEHORS DU CLAN EN « UTILISANT DES ENFANTS».
IL PARAÎT QUE KIRIA AUSSI ÉTAIT AUTREFOIS L'UN DE SES FAVORIS, RÉCUPÉRÉ CHEZ SON PÈRE CRIBLÉ DE DETTES.
ET PUISQU'IL SAIT AUSSI UTILISER SA TÊTE MAINTENANT, IL REMPLIT LES CAISSES DE GÔTA.
JE N'AI AUCUNE ESTIME POUR GÔTA...
CE N'EST QU'UN DÉCHET POURRI PAR L'ARGENT.
CE QUE J'ALLAIS TE DIRE TOUT À L'HEURE QUAND ON A ÉTÉ INTERROMPUS, C'EST QU'IL EST EN TRAIN D'ARROSER LES MEMBRES DU CLAN ET DES BRANCHES CADETTES.
JE PENSE QU'IL VA CONTINUER JUSQU'À CE QUE SA PLACE À LA TÊTE DU CLAN SOIT ASSURÉE.
DANS CE CAS, IL VA FALLOIR FAIRE QUELQUE CHOSE AVEC CETTE POULE AUX ŒUFS D'OR...
SI JE POUVAIS,
JE LA METTRAIS DANS MON PROPRE JARDIN.

LES FILLES RACONTENT QU'ELLES ONT ENTENDU GÔTA
RÉPÉTER PLUSIEURS FOIS QUE SI LE BOSS MOURAIT, CE SERAIT LUI QUI REPRENDRAIT LES AFFAIRES. JE COMPRENDS QUE CELA ÉNERVE MADAME ASAMI.
CE TYPE EST UN PORC. MÊME ILLÉGITIME, ELLE RESTE LA FEMME DU BOSS. S'IL MOURAIT, IL ESSAIERAIT SÛREMENT DE METTRE SES GROSSES PATTES DESSUS.
JE NE CONVOITE PAS CETTE PLACE DE CHEF, MAIS JE NE LE LAISSERAI PAS SALIR LE NOM DU CLAN.
ÇA VOUS DIT DE DÉTRUIRE CETTE ORDURE ?
OUAIS.
C'EST QUI LE MEC AUX CHEVEUX LONGS ?
POUR QUELQU'UN DE L'ENTOURAGE DE GÔTA, IL A PAS L'AIR COMPLÈTEMENT DEMEURÉ.
C'EST ITSUKI KIRIA, SON COMPTABLE. TOUT LE MONDE NE PARLE QUE DE SA BEAUTÉ.

EXCUSEZ-MOI SHINYA, JE VAIS LEUR TENIR COMPAGNIE.
ON VA COMMENCER À BOIRE...
Et les autres filles sont bien aussi !
GN
JE SUIS DE VOTRE CÔTÉ. S'IL Y A QUOI QUE CE SOIT QUE JE PUISSE FAIRE, DITES-LE-MOI.
MERCI MADAME.
IL PARAÎT QUE GÔTA A TRÈS CLAIREMENT FAIT DES AVANCES À MADAME ASAMI.
ELLE AVAIT L'AIR EN COLÈRE, ALORS QUE CE N'EST PAS SON GENRE.

hé hé
COMME C'EST ÉTRANGE DE FRÉQUENTER LE BAR DE L'AMANTE DE SON PROPRE PÈRE...
CEPENDANT, JE PEUX COMPRENDRE QU'UNE BEAUTÉ COMME MADAME ASAMI NE PUISSE RÉSISTER À UN GARÇON PLUS JEUNE QUE LE BOSS.
NE VOUS EN FAITES PAS POUR MON PÈRE, IL VA BIEN.
OUI OUI, IL PARAÎT QU'IL SE RÉTABLIT. TANT MIEUX.
DIS-LUI QUE JE LUI RENDRAI VISITE DEMAIN.
VENEZ MADAME ASAMI !
チッ

À PROPOS DES INFOS QUE TU M'AS DEMANDÉ DE CHERCHER SUR LUI...
KYAH
BONSOIR MONSIEUR GÔTA !
MARI, TOUJOURS EN FORME !
JE SUIS TRISTE QUE VOUS NE SOYEZ PAS VENU M'ACCUEILLIR, MADAME ASAMI.
BONSOIR MONSIEUR GÔTA.
BONSOIR !
TIENS, LE FILS DU BOSS EST LÀ, LUI AUSSI.

J'AIMERAIS QU'ELLE SACHE QUE CELA ME VA DROIT AU CŒUR, MOI QUI NE SUIS QU'UNE MAÎTRESSE...
JE NE LA VOIS QUE TROP RAREMENT...
ÉVIDEMMENT, CELA VAUT POUR VOUS AUSSI SHINYA !
MAIS CE N'EST PAS CELA QUI M'INQUIÈTE.
C'EST PLUTÔT DE SAVOIR QUI SUCCÈDERA À MOTOJI... PARDON, AU BOSS.
JE SAIS PAS CE QUE PENSE MON PÈRE,
MAIS LA SUCCESSION NE SERA PAS HÉRÉDITAIRE. CE SERA PEUT-ÊTRE SON BRAS DROIT FUJISHIMA.
IL EST BIEN DOMMAGE QUE VOUS SOYEZ ÉCARTÉ.
JE SUIS TROP JEUNE POUR PRENDRE LA SUITE. ET PUIS SI JE DEVENAIS CHEF, IL Y AURAIT TROP DE MÉCONTENTS...
CLAP
OUAIS, TU PARLES DE GÔTA...

ON NE SAIT PAS ENCORE S'IL SORTIRA VIVANT DE L'HÔPITAL...
SHINYA SUKI, 21 ANS
NE VOUS INQUIÉTEZ PAS ASAMI.
QUOI QU'IL ARRIVE À MON PÈRE, MA MÈRE NE FERAIT JAMAIS RIEN D'AUSSI GROSSIER QUE DE VOUS RETIRER CE BAR.
VRAIMENT ?
OUI, VOUS NOUS RAPPORTEZ TROP D'ARGENT POUR QUE L'ON VOUS FASSE ÇA !

IL A UN PASSÉ ASSEZ DUR. QUAND IL ÉTAIT PLUS JEUNE, IL A SERVI DE JOUET SEXUEL À UN MEMBRE HAUT PLACÉ DU CLAN.
IL EST ASSEZ SENSIBLE SUR LE SUJET.
QUOI ?
...
NOUS AVIONS À PEU PRÈS LEUR ÂGE...
CLUB
ASAMI
JE SUIS RASSURÉE DE SAVOIR QUE LE BOSS SE RÉTABLIT, NOUS NOUS INQUIÉTIONS...

MON ONCLE, NE VOUS EXCUSEZ PAS, CE N'EST PAS...
C'EST NORMAL QU'UN SUBALTERNE SE METTE À GENOUX, ARRÊTE DE CHOUINER.
PARTONS TÔRU.
C'EST PRUDENT DE LES LAISSER ENSEMBLE ?
MON ONCLE EST SI CALME D'HABITUDE, JE NE L'AVAIS JAMAIS VU DANS CET ÉTAT.

BAH
CE QUE MON FILS VOUS A FAIT EST INEXCUSABLE !
JE VAIS VOUS DÉDOMMAGER ALORS, PARDONNEZ-LUI POUR LE MOMENT !
VOUS RECEVREZ À NOUVEAU UN DÉDOMMAGEMENT DANS LES JOURS QUI VIENNENT ALORS LAISSEZ-MOI RÉGLEZ CELA !

QU'EST-CE QUE TU CROIS ÊTRE EN TRAIN DE FAIRE ?!
BAH
MON ONCLE, C'EST MA FAUTE ! MUTSUMI N'Y EST POUR RIEN !
TÔRU...
Hé Hé

TAP
TAP
BAM
ARRÊTE ÇA
TOUT DE SUITE
PETIT SALOPARD !
MUTSUMI !

PÈRE...
MUTSUMI !

AH...
C'ÉTAIT
DONC ÇA...

QUELQUE CHOSE ME PERTURBE. POURQUOI ON NOUS A DIT DE NE VENIR QUE TOUS LES DEUX ?
ON NE POUVAIT PAS LAISSER DEUX GAMINS DE LA VILLE TOUT SEULS ALORS JE LES AI FAIT SURVEILLER.
HIER, LA PERSONNE QUI S'EN CHARGEAIT EST REVENUE SUBITEMENT EN ME DISANT QUE NOUS DEVRIONS ALLER LES CHERCHER SANS M'EN DONNER LA RAISON. Ça me dérangeait pas...
HÉ LES GAMINS ! ON EST VENUS VOUS CHERCHER !
BAH

VRAIMENT PETIT À PETIT...
FSH
FSH
ILS VONT ÊTRE SACRÉMENT SURPRIS EN VOYANT QU'ON EST VENUS LES CHERCHER EN PERSONNE.

TON BAISER EST DIFFÉRENT.
VRAIMENT ? TU TE FAIS DES IDÉES.
ET POURTANT, LES JOURS SUIVANTS, JE N'EN AI PLUS REPARLÉ.
ON AURAIT PU RENTRER QUAND ON LE VOULAIT
PETIT À PETIT...
CE NE FUT PAS UNE EXPLOSION DE PASSION COMME IL LE SOUHAITAIT, MAIS...

ÇA NE VAUT RIEN COMME EXCUSE, MAIS JUSQU'À CE QU'ON RENTRE… FAIS DE MOI CE QUE TU VEUX.
TU ES CRUEL…

J'AI COMPRIS. PARTONS.
JE FERAI MON POSSIBLE POUR NE PAS ÊTRE UN POIDS POUR TOI. JE M'EXCUSE POUR MON COMPORTEMENT.
ALLEZ, C'EST BON.
EN PLEINE ACTION, TU M'AS DIT QUE TU ÉTAIS CONTENT QUE JE SOIS UN HOMME.
J'AI PAS BIEN COMPRIS POURQUOI, MAIS C'EST LA PREMIÈRE FOIS QU'ON ME DISAIT ÇA.
ÇA ME FAIT...
PLAISIR...

C'EST VRAI QUE J'AI D'ABORD ÉTAIT ATTIRÉ PAR TON PHYSIQUE.
MAIS SI J'EN SUIS ARRIVÉ AU POINT DE VOULOIR RETOURNER DANS LE CLAN, C'EST PARCE QUE JE SUIS TOMBÉ AMOUREUX DE TOI.
ET SI JE TE DIS QUE JE NE VEUX PAS DE TOI À MES CÔTÉS ?
SI TU VEUX VRAIMENT REVENIR DANS LE BUSINESS, JE NE T'EN EMPÊCHERAI PAS.
MAIS SI TU NE SOUHAITES FAIRE PARTIE DU CLAN QUE POUR ÊTRE AVEC MOI, JE REFUSE.
MAINTENANT QUE JE T'AI EXPLIQUÉ LE FOND DE MA PENSÉE, SI TU N'ES PAS INTÉRESSÉ, LAISSE TOMBER.
TAP

J'AIMERAIS QU'AU MOINS, LA PERSONNE QUI SERA MON BRAS DROIT ME RECONNAISSE COMME ÉTANT UN HOMME DIGNE DE RESPECT.
J'AIMERAIS ME TROUVER QUELQU'UN QUI NE ME VERRAIT PAS COMME UNE FEMMELETTE.
SI JE NE PEUX PAS AVOIR DE L'AUTORITÉ SUR LES GENS ET EN TIRER LE MEILLEUR PARTI, JE NE POURRAI PAS SURVIVRE DANS CE MILIEU.
J'AI ASSEZ DE CRAN POUR AVOUER QUE JE NE SUIS PAS NÉ AVEC CETTE AUTORITÉ NATURELLE...

TU ES CRUEL ! ME DEMANDER ÇA ALORS QUE
TU VIENS DE ME DIRE QU'ON NE SE REVERRAIT PLUS.
SI TU VEUX PARTIR, DIS-MOI OUI... SI TU ACCEPTES DE PRÊTER CE SERMENT, JE TE VOUERAI MA VIE ENTIÈRE.
TU POURRAS UTILISER À TA GUISE LES SENTIMENTS DE L'HOMME QUI EST TOMBÉ AMOUREUX DE TOI !
SI J'AVAIS ÉTÉ PLUS «HOMME», ÇA AUSSI J'Y SERAIS PEUT-ÊTRE ARRIVÉ...

TU CROYAIS QUOI ? TU PENSAIS POUVOIR M'ACHETER AVEC DU SEXE ? QUE JE CHANGERAIS D'AVIS ?
TU ME PRENDS POUR UN CON OU QUOI ?
VU COMME C'EST PARTI, JE VAIS RESTER ICI ET CREVER DE FAIM.
...
NON... SI JE TE LAISSE RENTRER, TU NE VOUDRAS PLUS ME REVOIR...
OUAIS, IL N'Y A PAS DE RAISON POUR QU'ON SE REVOIE.
PROUVE-MOI QUE TU M'AIMES.
RAMÈNE-MOI. SI TU M'AIMES VRAIMENT, TU NE VEUX SÛREMENT PAS ME VOIR MOURIR DE FAIM ?
ET TU CROIS QUE ME DIRE ÇA VA ME CONVAINCRE ?

HIER NON PLUS TU N'AS PAS MANGÉ. TU ES DÉJÀ TRÈS MINCE...
JE BOUFFERAI PAS TANT QU'ON SERA PAS PARTIS.
TU N'ACCEPTES PAS MES CONDITIONS ET TU REFUSES DE MANGER ? SACHE QUE LE SEXE N'EN FAISAIT PAS PARTIE !
BAM
JE SAIS, ALORS TE FOUS PAS DE MOI !
POUR QUI TU ME PRENDS ? TU VEUX ME FORCER À ACCEPTER, MAIS ÇA NE MARCHERA PAS !

FFH
FRR
TÔRU,
TU VAS ÊTRE MOUILLÉ SI TU RESTES LÀ, LE VENT SOUFFLE.
FFH
JE VAIS PRÉPARER LE DÉJEUNER, TU VEUX MANGER QUELQUE CHOSE EN PARTICULIER ?
PAS LA PEINE.

ポッ PLIC
ポッ PLIC

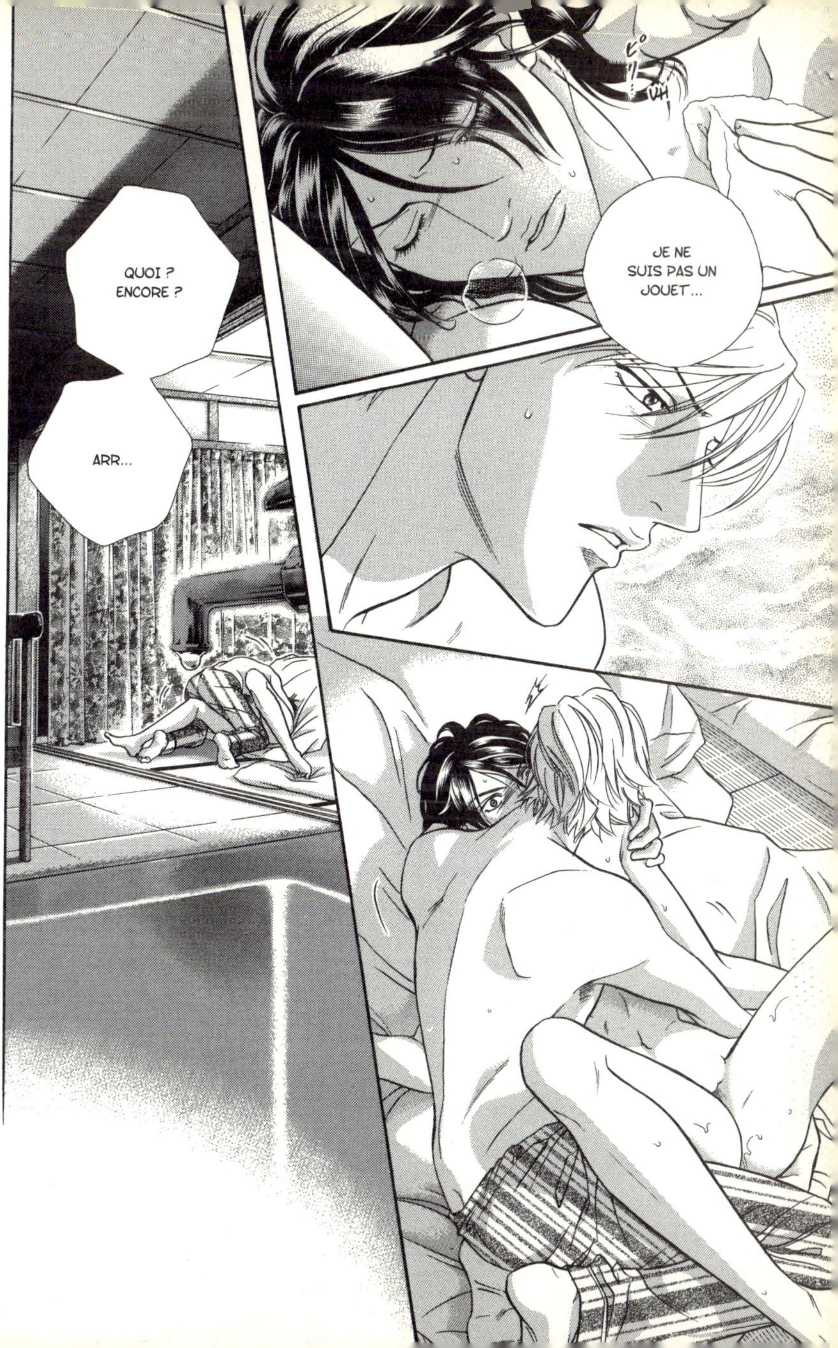
ピリ…
VIH
JE NE SUIS PAS UN JOUET...
QUOI ? ENCORE ?
ARR...

TÔRU, JE VAIS T'ESSUYER.
PUTAIN...
J'AI MÊME PLUS LA FORCE DE RÉSISTER...

HN...
ズズッ
SSS
SSS
AH...
AAAAAH!
FSHH

HA
HA
ENFOIRÉ... T'ES EN TRAIN DE DIRE QUE PERSONNE NE VEUT DE MOI ?
AU CONTRAIRE ! SI TU N'ÉTAIS PAS SI HAUT PLACÉ DANS LE CLAN, JE SUIS SÛR QU'ON TE SAUTERAIT DESSUS TOUT LE TEMPS.
AH !
CE N'EST PAS PARCE QUE PERSONNE NE L'A FAIT QUE TU N'ES PAS DÉSIRÉ...
ズ
SS
AAH !
ÇA ME SEMBLE LOGIQUE, VU MON ÉTAT APRÈS QUELQUES JOURS PASSÉS AVEC TOI.

IL AURAIT MIEUX VALU QUE JE NAISSE FEMME...
EN CE MOMENT, MON PÈRE DOIT SE RÉJOUIR DE NOTRE LIEN.
AU CONTRAIRE, JE SUIS HEUREUX QUE TU SOIS UN HOMME !
?!
GN
SI TU ÉTAIS UNE FEMME, TU SERAIS COMPLÈTEMENT HORS D'ATTEINTE.
FL
AAH !
UHN

AAH...
AAAAH !
MUTSUMI !
S'IL TE PLAÎT !
AAAH !
ÇA M'A L'AIR BIEN.
JE POURRAIS JOUIR RIEN QU'EN IMAGINANT TE PÉNÉTRER.

AH...
IL EST DOUÉ ! JE RESSENS DU PLAISIR MÊME SI ÇA ME DÉGOÛTE.
AH !
JE ME DEMANDE COMBIEN DE FILLES IL S'EST TAPÉ MALGRÉ SA TÊTE DE PREMIER DE LA CLASSE...
AH !
TU AS UN CORPS BIEN CRUEL...
SI SENSIBLE ET SI PROMPT À RÉAGIR...
JE VAIS TE FAIRE CRIER DE PLAISIR...

JE N'AURAIS JAMAIS RÉELLEMENT MENACÉ L'HÉRITIER DU CLAN.
AH !
BIEN SÛR ! MÊME SI JE REFUSE DE TE RAMENER, TU NE CROIS PAS QUE QUELQU'UN FINIRA PAR VENIR NOUS CHERCHER ?
C'EST VRAI...
SI J'AVAIS ATTENDU, DES PERSONNES SERAIENT VENUES...
JE ME SUIS FAIT AVOIR !

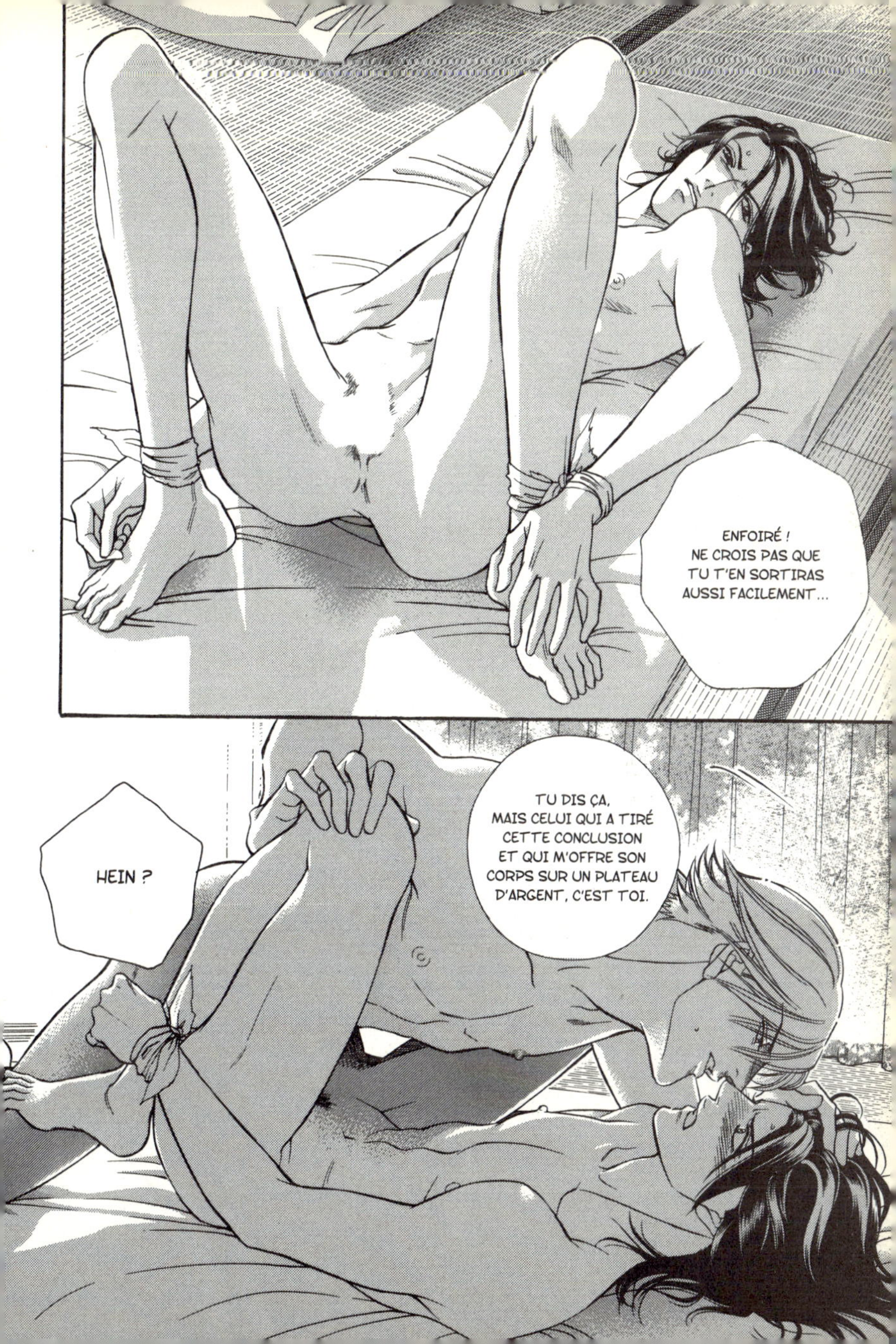
ENFOIRÉ ! NE CROIS PAS QUE TU T'EN SORTIRAS AUSSI FACILEMENT…
TU DIS ÇA, MAIS CELUI QUI A TIRÉ CETTE CONCLUSION ET QUI M'OFFRE SON CORPS SUR UN PLATEAU D'ARGENT, C'EST TOI.
HEIN ?

HÉ ! POURQUOI TU M'ATTACHES ?
CONNARD, C'EST ÇA QUI TE FAIT BANDER ?
Tu m'écoutes ou quoi ?
TU AS DE MAUVAISES MANIÈRES, JE SUIS CERTAIN QUE TU MEURS D'ENVIE DE ME FRAPPER À UN ENDROIT STRATÉGIQUE.

ÇA NE ME DÉRANGE PAS SI ON NE COUCHE PLUS ENSEMBLE.
MAIS C'EST VRAI QUE J'AI ENVIE DE TOI ET QUE SI TU ACCEPTAIS...
C'EST UNE MENACE ? TU AURAS BEAU INSISTER, CE LIEN DE FRATERNITÉ SERAIT SOUILLÉ PAR LE SEXE.
EN GROS, SI JE REFUSE TU NE ME LAISSERAS PAS PARTIR ?
TU VEUX QUE JE ME LAISSE FAIRE, C'EST ÇA ?
TU ME FAIS CHIER ! VAS-Y, FAIS-LE SI T'EN AS TANT ENVIE !
EN ÉCHANGE, QUAND TOUT SERA TERMINÉ, JE NE VEUX PLUS EN ENTENDRE PARLER !

JE NE DIS PAS ÇA À LA LÉGÈRE, JE SAIS TRÈS BIEN QUE CE N'EST PAS UNE VIE FACILE.
JE T'AI DIT DE PARTIR !
TU AS OUBLIÉ QUE JE SUIS LE SEUL À POUVOIR NOUS FAIRE PARTIR ?
TU NE RENTRERAS QUE SI TU ACCEPTES.
HEIN ?

TU PARLES DU SERMENT DE TOUTE UNE VIE !
CE N'EST PAS QUELQUE CHOSE DONT TU PEUX DÉCIDER APRÈS AVOIR ÉTÉ COINCÉ SUR UNE ÎLE !
C'EST CA...
ALORS QU'AUJOURD'HUI LES CHEFS DE CLANS N'ACCORDENT QUE PEU DE VALEUR À LA VIE DES AUTRES, LUI !!
VOILÀ POURQUOI IL A BESOIN DE PROTECTION.
JE VEUX ÊTRE À SES CÔTÉS ET LE PROTÉGER.
POURQUOI TU SOURIS ?

J'AI TOUJOURS ÉVITÉ CETTE VOIE PARCE QUE LES RISQUES ÉTAIENT TROP GRANDS, MAIS MAINTENANT JE SOUHAITE L'EMPRUNTER, SI C'EST AVEC TOI.
PAUVRE CRÉTIN ! TU METS SUR LE MÊME PLAN LA LOYAUTÉ ET DES PULSIONS SEXUELLES !
TU SAIS TRÈS BIEN CE QU'ON A FAIT SUR CETTE ÎLE...
ET TU ME PARLES DE SERMENT DE FRATERNITÉ ? TU CROIS POUVOIR ME CONVAINCRE ?

CETTE ESPÈCE DE...
« ESSAIE DE LE CONVAINCRE DE REVENIR DANS NOTRE BUSINESS »
POURQUOI ILS AURAIENT FAIT ÇA ?
MAIS NOS PÈRES...
LES MACHINATIONS DE NOS PÈRES M'IMPORTENT PEU, JE SUIS VENU ICI POUR DÉCIDER DE MON AVENIR.
BAH
ON PREND LE BATEAU ET ON SE CASSE, ON N'A PLUS AUCUNE RAISON DE RESTER ICI.

CE QUE TU DIS N'A AUCUN SENS, JE NE COMPRENDS RIEN !
JE TE DIS DE FUIR ET TU ME PARLES DE SERMENT ?
IL N'Y A PERSONNE À NOTRE POURSUITE.
ILS ONT INVENTÉ CETTE HISTOIRE DE GUERRE ENTRE CLANS POUR NOUS RETENIR SUR CETTE ÎLE.

JE T'AIME. JE VEUX PRÊTER LE SERMENT DE FRATERNITÉ AVEC TOI*.
* PACTE ENTRE UN PARRAIN ET SON SUBORDONNÉ PASSÉ LORS D'UNE CÉRÉMONIE
HEIN ?
JE SAIS QUE TU AS EU TON RÔLE À JOUER DANS CETTE FARCE
QUI DOIT DÉCIDER DE MON AVENIR...
UNE FARCE ? DE QUOI TU PARLES ?

キラアリキ。

COMMENT CELA VA-T-IL TOURNER ?

VOIR SI LE CHEF
QU'IL AURAIT À
SOUTENIR ET
PROTÉGER
LUI CONVIENT ?
SUKI
HÉ !
JE T'AI DIT
DE T'ENFUIR !
QU'EST-CE
QUE TU FOUS ?

IL EST VRAIMENT TOUT DÉSIGNÉ POUR RESTER AUX CÔTÉS DE TÔRU.
C'EST À MUTSUMI QUE REVIENT CETTE DÉCISION.
AU FINAL, CELA DÉPENDRA DE TÔRU.
S'IL EST ALLÉ SUR CETTE ÎLE EN AYANT DÉJÀ TOUT COMPRIS, IL Y A DE L'ESPOIR.
VOUDRAIT-IL JUGER PAR LUI-MÊME QUEL GENRE DE PERSONNE EST TÔRU ?

ALORS COMME ÇA, MUTSUMI A TOUT COMPRIS ?
HUM...
METTRE À L'ABRI LE SEUL HÉRITIER SANS GARDE DU CORPS, C'EST LOUCHE.
SUKI
CETTE HISTOIRE DE GUERRE DE CLANS LUI A PARU BIZARRE DÈS LE DÉBUT.
PFF... ET TÔRU QUI A TOUT GOBÉ... ILS NE SONT PAS AU MÊME NIVEAU...

QUE...?

LÀ AUSSI,
TU JOUES LA COMÉDIE ?
VA PRENDRE TES AFFAIRES !
HEIN ?

LE SEXE C'EST LE SEXE, JE M'EN FOUS.
J'AI PEUR QU'IL ME DISE QU'IL EST PRÊT À REVENIR DANS LE CLAN POUR MOI !
TOUT ÇA N'A RIEN À VOIR AVEC TOI !
MAIS IL VA TROP LOIN !
TU NE VAS PAS RISQUER D'ÊTRE IMPLIQUÉ ET FOUTRE TA VIE EN L'AIR ?!
JE NE ME LE PARDONNERAIS JAMAIS DE L'AVOIR CONVAINCU EN COUCHANT AVEC LUI.

PRENDS TES AFFAIRES ET BARRE-TOI.
JE VAIS ME DÉBROUILLER TOUT SEUL.
UN TUEUR ? IMPOSSIBLE...
EUH...
IMPOSSIBLE ? T'ES TROP NAÏF ! C'EST MIEUX QUE TU FASSES PAS PARTIE DE CE MONDE...
QUAND BIEN MÊME,
JE NE PEUX PAS TE LAISSER SEUL ICI. ON S'EN VA ENSEMBLE.
JE NE VAIS PAS M'ENFUIR !

HA
BAH
BAM
TÔRU ?!
KSHAAH
J'AI VU UNE OMBRE, Y'A UN TUEUR SUR L'ÎLE...

FRR
FRR
JE LE SENS PAS...
FH

NE REPOSE PLUS JAMAIS TES SALES PATTES SUR MOI !
FS
ET MERDE...

TU CROIS QUE PARCE QUE TU AS ENVIE DE LA FOURRER QUELQUE PART, JE VAIS TE LAISSER FAIRE ?
NON, TU TE TROMPES !
C'EST VRAIMENT TOI QUE JE VEUX !
NE TE MÉPRENDS PAS !
LES SENTIMENTS NE M'INTÉRESSENT PAS !

BAM
ARRÊTE !
TÔRU...

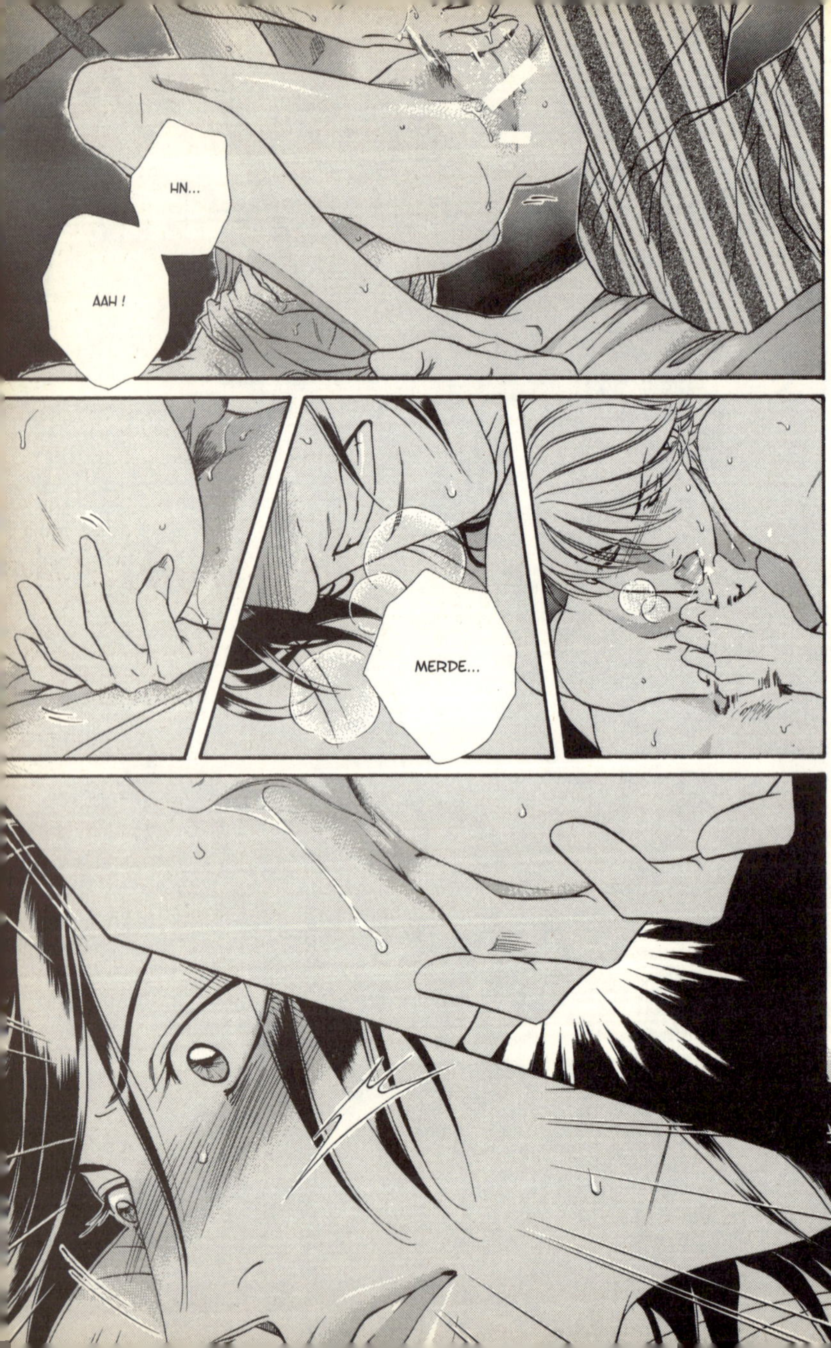
HN...
AAH !
MERDE...

TU VEUX QUE DU SEXE, NON ?!
HÉ !
AH...

AH !
ÇA SE COMPLIQUE.
ATTENDS !
C'EST PAS LA PEINE !

DE NOUS DEUX, C'EST MOI LE PLUS DOUÉ !
ON EN A ASSEZ.
TU LES ÉCAILLES ?

HÉ !
AUTANT SE SOULAGER MUTUELLEMENT...
D'ACCORD.
ON S'EMMERDE...
Y'A RIEN À FAIRE ICI.
ET PUIS, ÇA RESTE DE LA MASTURBATION.
QUAND BIEN MÊME ON LE FERAIT TOUS LES JOURS...
J'EN AI ENCORE ATTRAPÉ UN !

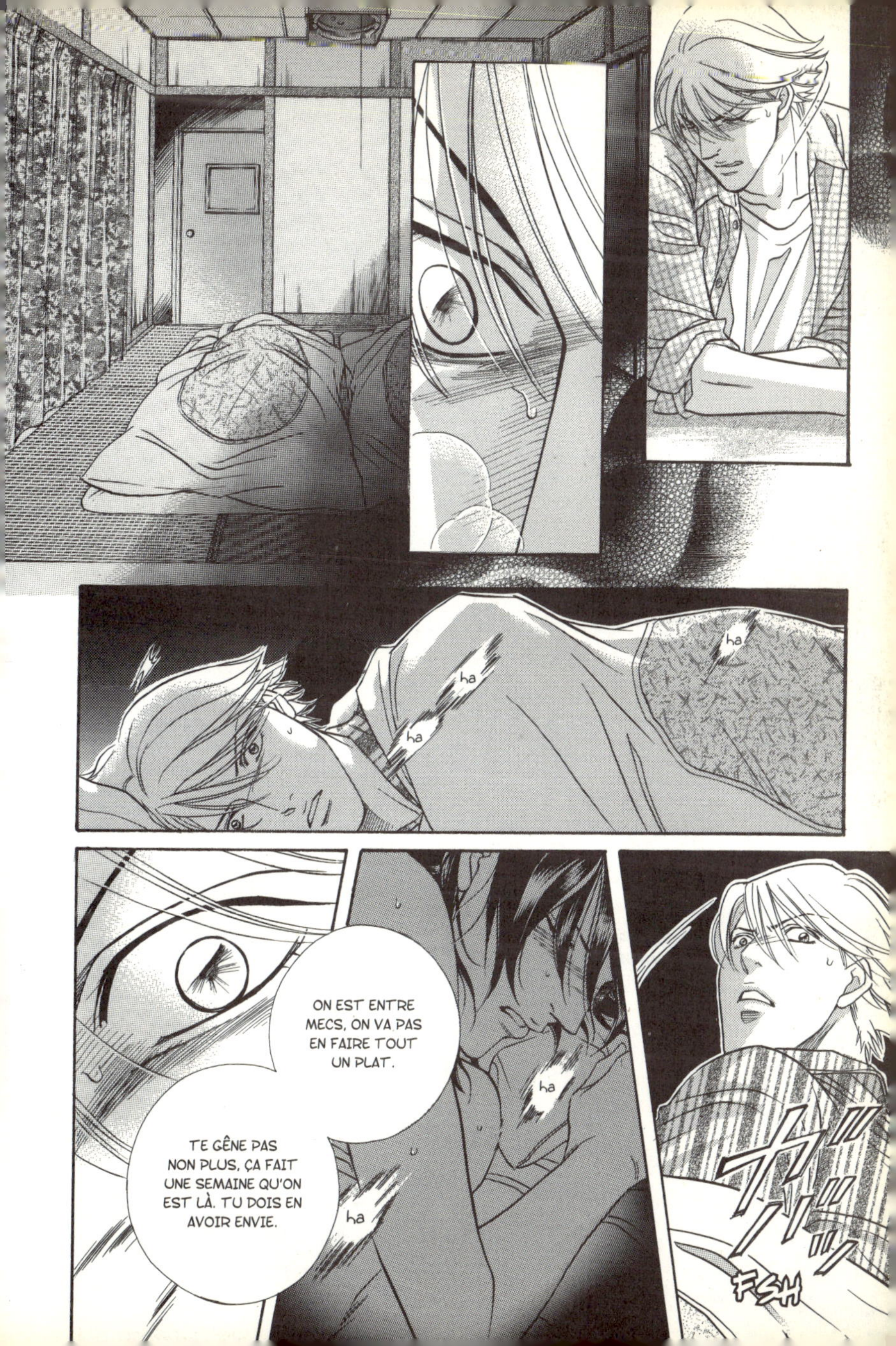
ha
ha
ha
FSH
ON EST ENTRE MECS, ON VA PAS EN FAIRE TOUT UN PLAT.
ha
TE GÊNE PAS NON PLUS, ÇA FAIT UNE SEMAINE QU'ON EST LÀ. TU DOIS EN AVOIR ENVIE.
ha

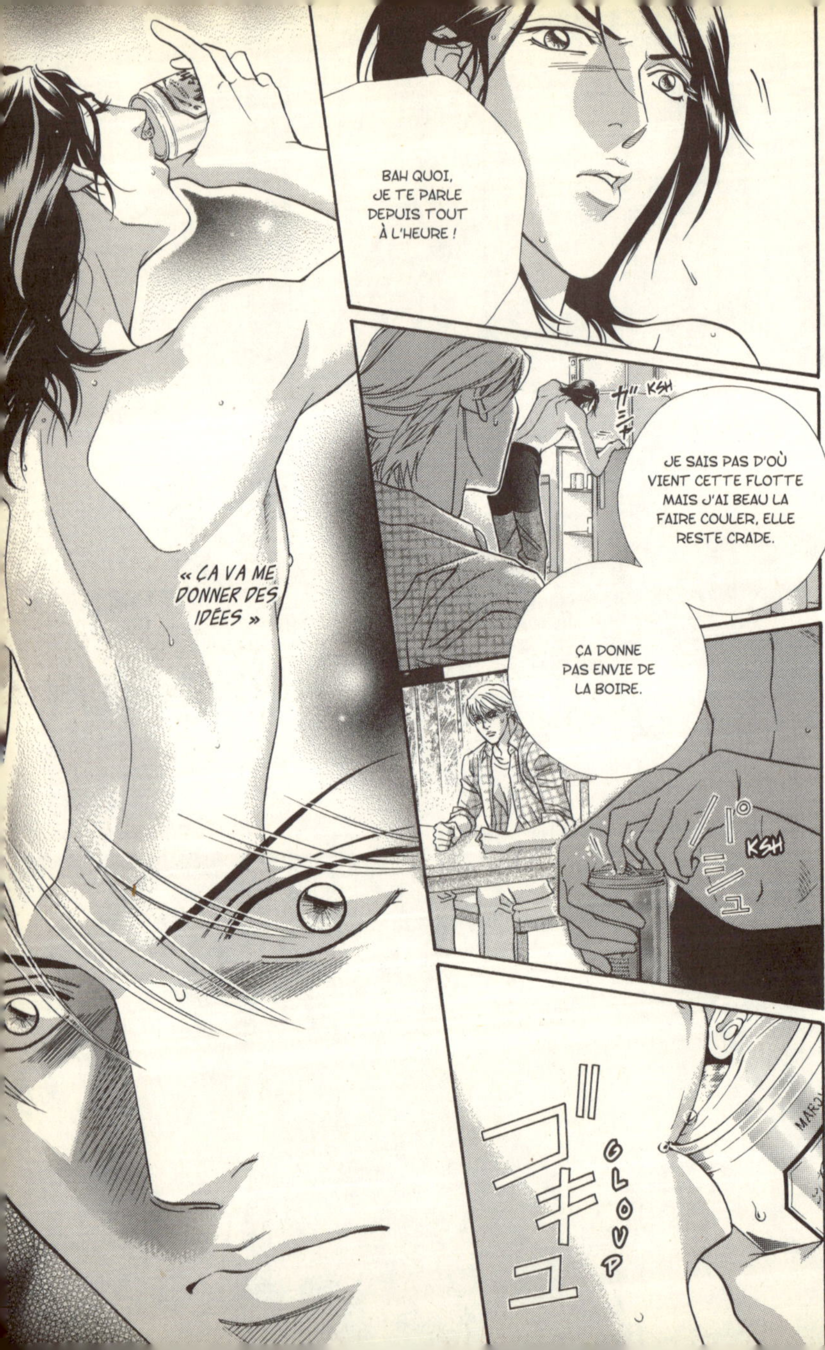
BAH QUOI, JE TE PARLE DEPUIS TOUT À L'HEURE !
KSH
JE SAIS PAS D'OÙ VIENT CETTE FLOTTE MAIS J'AI BEAU LA FAIRE COULER, ELLE RESTE CRADE.
ÇA DONNE PAS ENVIE DE LA BOIRE.
KSH
GLOUP
« ÇA VA ME DONNER DES IDÉES »

LA SALLE DE BAINS EST LIBRE. VAS-Y PENDANT QUE L'EAU EST ENCORE CHAUDE.
CLAP
MÊME ICI T'ÉTUDIES ?
t'es pas normal !
TODOM
BAM
OUAAH !

AH, ÇA...
MON PÈRE M'A PEUT-ÊTRE ORDONNÉ DE ME PLANQUER ICI,
MAIS ÇA VEUT PAS DIRE QUE JE M'ENFUIRAI LA QUEUE ENTRE LES JAMBES SI ON VIENT NOUS CHERCHER DES NOISES
TODOM

OK, ON EST QUITTES, ALORS LÂCHE-MOI...
SI TU CONTINUES À ME SERRER CONTRE TOI, ÇA POURRAIT ME DONNER DES IDÉES...
UH
LE PRENDS PAS COMME ÇA, JE DÉCONNAIS.
BAH
DIS-MOI CE QUE TU AS DANS TON JEAN...

TU M'AS CHERCHÉ LE PREMIER.
ON EST QUITTES.
GN
FFH
QUEL CORPS FIN...
HÉRITER DU CLAN AVEC CE CORPS SI FRÊLE...

ET QU'EST-CE QUE TU FERAIS AVEC ELLES ? ME DIS PAS QUE TU COUCHES AVEC DES FILLES ? DIFFICILE À IMAGINER VU TON PHYSIQUE.
GH
TU VEUX DIRE QUE TU M'IMAGINES PLUTÔT ME FAIRE PRENDRE PAR UN MEC ?
C'EST BON, AMÈNE-TOI !
BAH
BAH
?!

TRAÎTRE OU PAS, JE N'AI JAMAIS EU MAILLE À PARTIR AVEC LA LOI,
ET JE N'EN AI PAS L'INTENTION.
TU APPELLES ÇA UN MÉTIER, MAIS JE N'Y VOIS RIEN DE GLORIEUX.
TU VEUX PAS TE SALIR LES MAINS ? POURTANT, T'AS ÉTÉ ÉLEVÉ AVEC DE L'ARGENT SALE DEPUIS TA NAISSANCE.
IL A DÉJÀ ÉTÉ DÉCIDÉ QUE LORSQUE JE SORTIRAIS DE L'UNIVERSITÉ ET QUE J'AURAIS UN TRAVAIL, JE RENDRAIS TOUT CET ARGENT À MON PÈRE !
RIEN À DIRE ALORS SI TU RÈGLES ÇA CORRECTEMENT AVEC TON PATERNEL.
D'AILLEURS, C'EST PAS SYMPA DE LA PART DE MON PÈRE
DE NE PAS AVOIR FAIT VENIR DE FILLES. Y'A RIEN À FOUTRE ICI.

VIVRE ICI... MAIS JUSQU'À QUAND ?
HAA
HUM...
SEAFOOD NOODLE ZERO
DÉSHYDRATÉS
LÉGUMES GOURMANDS
CONSERVES
NOUILLES
ON ÉTAIT ENCORE GAMINS LA DERNIÈRE FOIS QU'ON S'EST VUS. IL A VACHEMENT GRANDI...
HÉ !
ALORS COMME ÇA, TU SUCCÈDES PAS À TON PÈRE DANS LE MÉTIER ? ÇA FAIT QUOI D'ÊTRE UN TRAÎTRE ?

TAP
ÇA SCHLINGUE...
CLAC
FLAP
TOUT A ÉTÉ PRÉPARÉ POUR NOTRE ARRIVÉE. NOUS N'AURONS AUCUNE DIFFICULTÉ À VIVRE ICI.
PERSONNE NE VIENT JUSQU'ICI JUSTE POUR AÉRER ET FAIRE LE MÉNAGE...

ESSAIE DE LE CONVAINCRE DE REVENIR DANS NOTRE BUSINESS.
C'EST TA MISSION EN TANT QUE MEMBRE DU CLAN.
JE SUIS LE FUTUR CHEF, PAS UN LARBIN.
CRII

LES GENS NE TE PRENNENT PAS AU SÉRIEUX À CAUSE DE TON PHYSIQUE DE GRINGALET.
AVEC TON ALLURE DE MINET ET CES FRINGUES, CE QUI PEUT T'ARRIVER DE MIEUX C'EST QUE LES FILLES TE TOMBENT DANS LES BRAS.
J'AI PAS CHOISI DE NAÎTRE COMME ÇA.
QUOI QU'IL EN SOIT, VOUS NE QUITTEREZ PAS CETTE ÎLE TANT QU'ON NE SERA PAS VENU VOUS CHERCHER.
ET PUISQUE
VOUS SEREZ COINCÉS ENSEMBLE UN BOUT DE TEMPS...

OUI. C'EST UN JEUNE HOMME INTELLIGENT ET TRÈS DOUÉ. JE NE L'AI PAS VU DEPUIS UN MOMENT MAIS IL POSSÈDE UN CHARISME INDÉNIABLE.
AVEC SON ÉRUDITION, IL SERAIT UN ATOUT CERTAIN POUR LE CLAN.
MAIS C'EST DOMMAGE.
DOMMAGE ?
POUR RESTER COMPÉTITIFS, NOUS AVONS BESOIN DE CERVEAUX.
MOI AUSSI JE SUIS ALLÉ À L'UNIVERSITÉ...
IMBÉCILE ! NE COMPARE PAS AVEC TA FAC DE SECONDE ZONE !
Il est à l'université impériale
SUKI
ET ON NE PEUT PAS VRAIMENT DIRE QUE TU SOIS CHARISMATIQUE.

IL S'APPELLE MUTSUMI. IL FRÉQUENTE UNE BONNE UNIVERSITÉ ET NE SOUHAITE PAS EMBRASSER NOTRE VOIE.
KIRIA EST D'ACCORD ET NE VEUT PAS LE MÊLER INUTILEMENT À CE GENRE DE CONFLITS.
MON ONCLE EST TROP INDULGENT ! UN ENFANT NÉ DANS LE CLAN FAIT PARTIE DU CLAN !
PAS QUESTION QUE J'AILLE SUR CETTE ÎLE AVEC CE LÂCHE.
NE DIS PAS ÇA, IL POURRAIT T'ÊTRE UTILE EN CAS DE PROBLÈME.
IL A SON PERMIS BATEAU, VOUS POURREZ ALLER ET VENIR FACILEMENT. DE PLUS, IL PRATIQUE LES ARTS MARTIAUX. IL POURRA TE SERVIR DE GARDE DU CORPS.
HEIN ? TU VEUX SÉRIEUSEMENT QU'ON PASSE DU TEMPS ENSEMBLE ? TOUT SEULS ?
TU VEUX UNE PLANQUE RIEN QUE POUR TOI ?
QUOI ?

SUKI
ÇA M'ÉTONNAIT AUSSI QUE TU ME FASSES VENIR ICI...
TU PARLES DE M'ENVOYER SUR UNE ÎLE... LE GENRE D'ÎLE PRIVÉE QU'ON UTILISE POUR CACHER DES FUGITIFS ?
OUI.
FFFH
UNE GUERRE ENTRE LES CLANS SE PRÉPARE. JE NE VEUX PAS AVOIR À TE PROTÉGER SI ON ESSAYAIT DE TE TUER. VA TE PLANQUER LÀ-BAS.
BAH
ET TU VAS FAIRE QUOI SANS MOI, EN PLEINE CRISE ?
TU VAS ME GÊNER.
JE NE FUIRAI PAS ! JE SUIS L'HÉRITIER DU SUKIGUMI* !
...
ET POURQUOI LE FILS DE L'ONCLE KIRIA DEVRAIT AUSSI...
* « CLAN SUKI»

ET PUIS, ÇA
RESTE DE LA
MASTURBATION.
* CLAN SUKI
TÔRU,
TU VAS ALLER SUR
UNE ÎLE AVEC LE FILS
DE KIRIA.
QUOI ?

ON S'EMMERDE.
Y'A RIEN À FAIRE ICI.

キスアリキ。
UALITY

Kiss Ariki

YOUKA NITTA

SOMMAIRE